徳間文庫

禁裏付雅帳㊅

相《そう》　嵌《かん》

上田秀人

徳間書店

目次

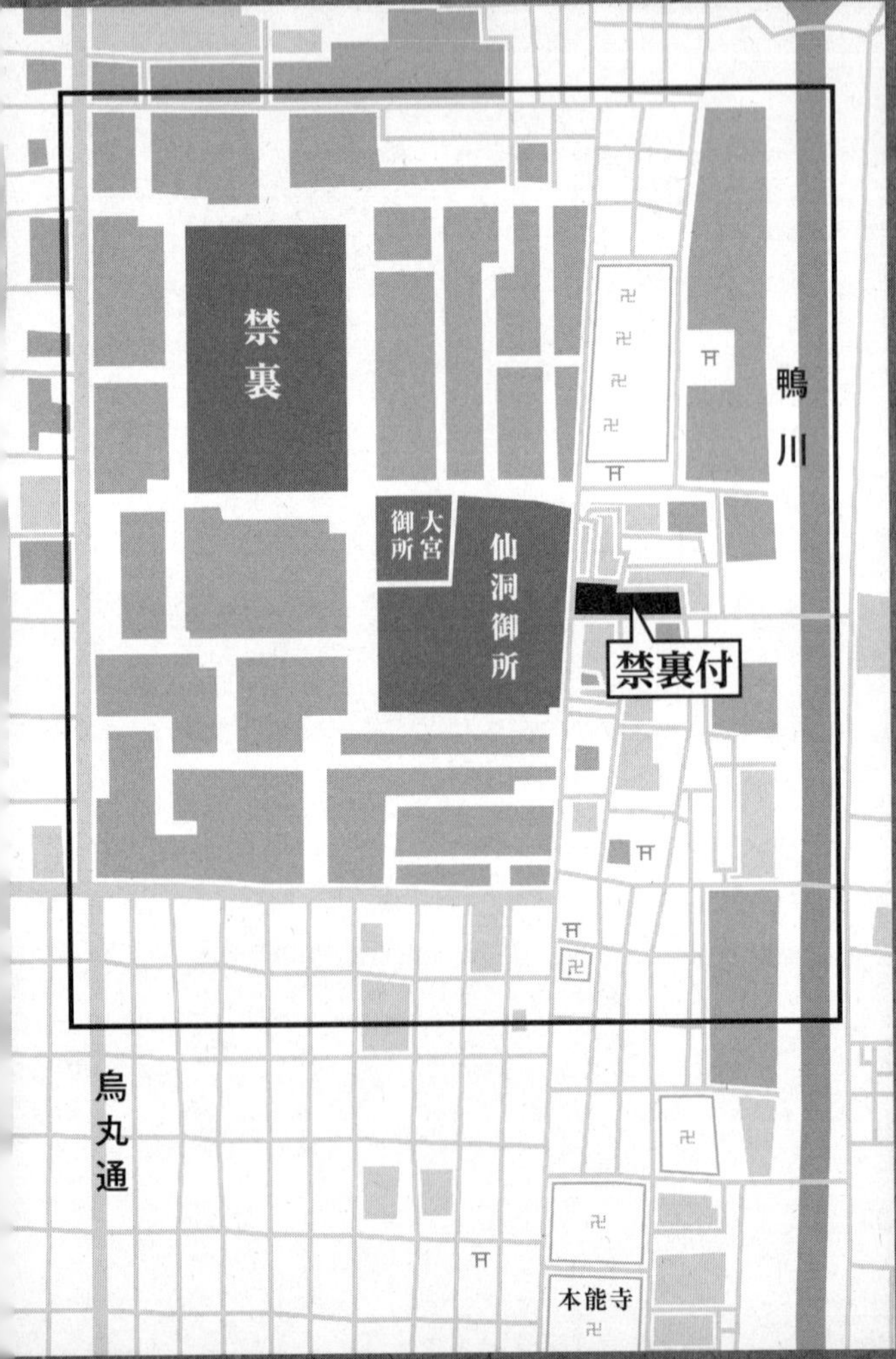
禁裏
大宮御所
仙洞御所
禁裏付
鴨川
烏丸通
本能寺

天明 洛中地図

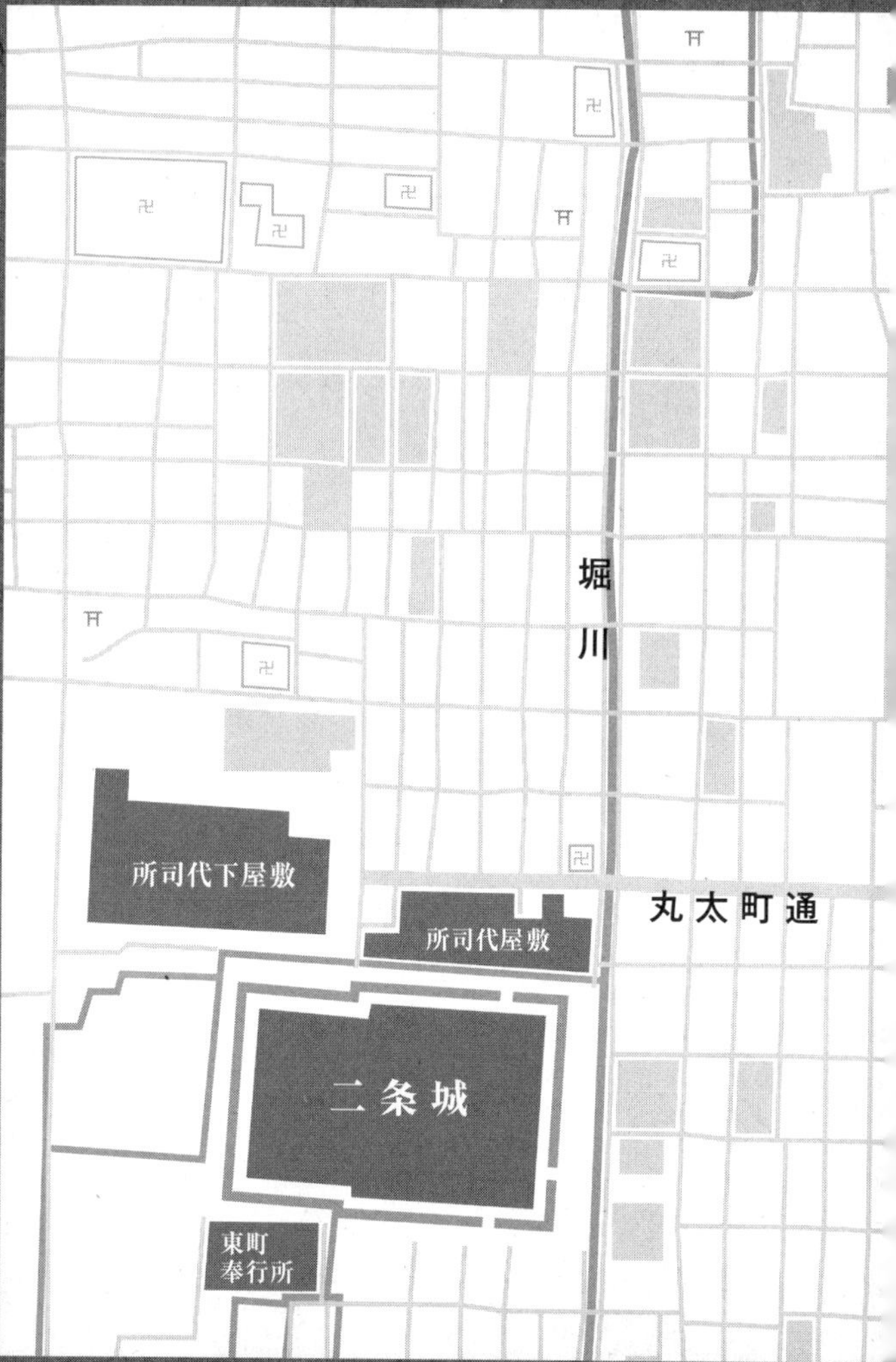

天明　禁裏近郊図

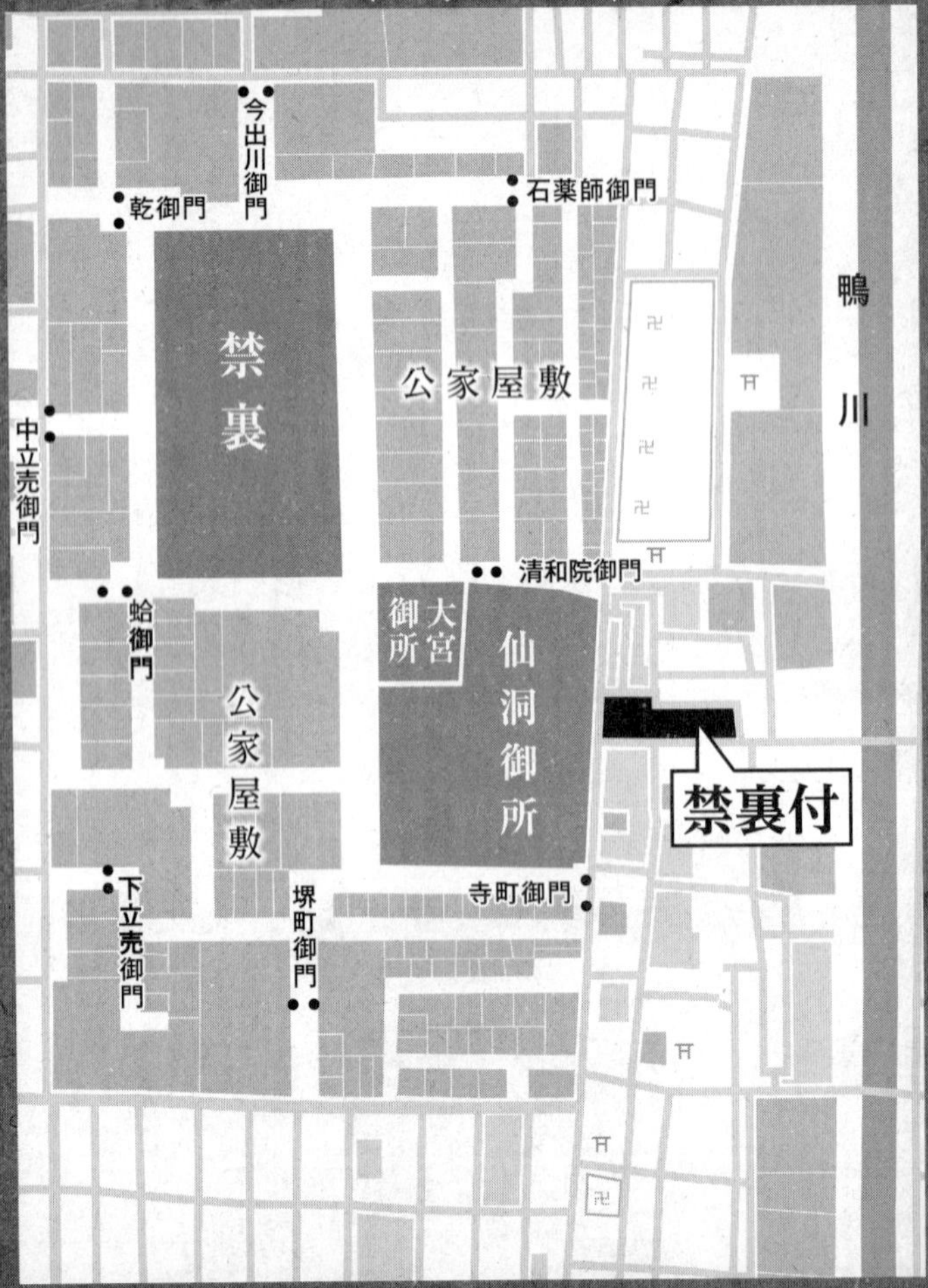
今出川御門
乾御門
石薬師御門
鴨川
禁裏
公家屋敷
中立売御門
清和院御門
蛤御門
大宮御所
仙洞御所
公家屋敷
禁裏付
寺町御門
下立売御門
堺町御門

禁裏（きんり）
天皇常住の所。皇居、皇宮、宮中、御所などともいう。十一代将軍家斉《いえなり》の時代では、百十九代光格《こうかく》天皇、百二十代仁孝《にんこう》天皇が居住した。周囲には公家屋敷が立ち並ぶ。「禁裏」とは、みだりにその裡に入ることを禁ずるの意から。

禁裏付（きんりづき）
禁裏御所の警衛や、公家衆の素行を調査、監察する江戸幕府の役職。老中の支配を受け、禁裏そばの役屋敷に居住。定員二名。禁裏に毎日参内して用部屋に詰め、職務に当たった。禁裏で異変があれば所司代に報告し、また公家衆の行状を監督する責任を持つ。朝廷内部で起こった事件の捜査も重要な務めであった。

京都所司代（きょうとしょしだい）
江戸幕府が京都に設けた出向機関の長官であり、京都および西国支配の中枢となる重職。定員一名。朝廷、公家、寺社に関する庶務、京都および西国諸国の司法、民政の担当を務めた。また辞任後は老中、西丸老中に昇格するのが通例であった。

主な登場人物

東城鷹矢《とうじょうたかや》　五百石の東城家当主。松平定信から直々に禁裏付を任じられる。
温子《あつこ》　下級公家である南條蔵人の次女。
徳川家斉《とくがわいえなり》　徳川幕府第十一代将軍。実父・治済の大御所称号勅許を求める。
一橋治済《ひとつばしはるさだ》　将軍家斉の父。御三卿のひとつである一橋徳川家の当主。
松平定信《まつだいらさだのぶ》　老中首座。越中守。幕閣で圧倒的権力を誇り、実質的に政《まつりごと》を司る。
安藤信成《あんどうのぶなり》　若年寄。対馬守。松平定信の股肱《ここう》の臣。鷹矢の直属上司でもある。
弓江《ゆみえ》　安藤信成の配下・布施孫左衛門の娘。
戸田忠寛《とだただとお》　京都所司代。因幡守。
霜月織部《しもつきおりべ》　徒目付《かちめつけ》。定信の配下で、鷹矢と行動をともにする。
津川一旗《つがわいっき》　徒目付。定信の配下で、鷹矢と行動をともにする。
光格天皇《こうかくてんのう》　今上帝。第百十九代。実父・閑院宮典仁親王への太上天皇号を求める。
土岐《とき》　駆仕丁。元閑院宮家仕丁。光格天皇の子供時代から仕える。
近衛経熙《このえつねひろ》　右大臣。五摂家のひとつである近衛家の当主。徳川家と親密な関係にある。
二条治孝《にじょうはるたか》　大納言。五摂家のひとつである二条家の当主。妻は水戸徳川家の嘉姫《よしひめ》。
広橋前基《ひろはしさきもと》　中納言。武家伝奏《ぶけてんそう》の家柄でもある広橋家の当主。

第一章　旅山の刃

一

都人にとって、恐怖は火であった。

火事だけは、相手が天皇であろうが、庶民であろうが、かかわりなく襲ってくる。

もちろん、人の手による放火だと、御所だけは燃やさぬよう、十二分な配慮がなされた。

かの第六天魔王として怖れられた織田信長《おだのぶなが》も京を一度焼いている。言うことを聞かなくなった十五代室町将軍足利義昭《あしかがよしあき》を脅《おど》すため、下京《しもぎょう》を焼いた。そのときも御所に火が入らないよう、織田信長は家臣たちを上京に配置、延焼を防いだが、それでも上京の一部も焼けた。

京に住む者たちは、いつの時代も権力者の都合で火をかけられた。なかには、直接京洛《きょうらく》に火が及んではいないが、大きな心の傷となった比叡山《ひえいざん》焼き討ちもある。これも織田信長が、まつろわぬ比叡山を滅ぼし、他の敵対者に逆らうなら同じ目に遭わすぞとの見せしめでおこなったものであった。

聖域、王城守護として都人の崇敬《すうけい》厚かった比叡山も、信長の力の前に灰燼《かいじん》に帰され、もっとも大きな被害を受けたのが、坂本であった。

当時の坂本は比叡山の門前町であり、多くの僧侶やかかわりのある者が住み、琵琶湖の水運のあがり、金貸しとしての儲けと比叡山の権益を一手にしていた。結果、坂本は一度完全に破壊された。

それでも坂本は、越前から畿内へいたる街道の要所であり、信長の跡を受けた時の権力者は坂本を復興し、今に至っている。もちろん、比叡山の名前を汚していた者たちは一掃され、敬虔な信徒たちを集める門前町へと変わり、静かなたたずまいを誇っていた。

「近いな」

朝早くに京を出た、東城典膳《とうじょうてんぜんの》正鷹矢《しょうたかや》は、昼ごろ坂本に着いた。

「ここが坂本でっかいな」

同行している御所仕丁《しちょう》の土岐《とき》が、腰を伸ばした。

「しかし、武家は足が早うてかなわんなあ。年寄りには堪《こた》える」

「よく言う。息さえ切れておらぬではないか」

鷹矢があきれた。

「疲れても駕籠《かご》に乗るだけの金がない、貧乏仕丁やさかいな。歩くしかないよって、足腰は丈夫やねん」

悪びれもせず、土岐が返した。

「…………」

二人の遣《や》り取りにも口を挟まず、鷹矢の家臣で警固役の檜川《ひかわ》が、周囲を警戒した。

「なにもない気がするぞ」

鷹矢が妙な気配はないと言った。

「はい。今のところ、不穏なものは感じませぬ」

檜川も同意した。

「でおますな」

土岐も続いた。

「さて、どこを見物すればよいのかの」

鷹矢が首をかしげた。

もともと朝廷の目付《めつけ》役ともいうべき禁裏付《きんりづき》が、京を離れ坂本まで足を延ばしたのには理由があった。

禁裏付として公家との交流は避けて通れない。しかし、江戸から京に送られたばかりで、若い鷹矢では、話題を作ることさえ難しい。

「少しは風雅というものを学んで来るがいい」

御所で鷹矢への対応を担当している武家伝奏広橋中納言《ぶけてんそうひろはしちゅうなごん》からそう助言されての結果であった。

「坂本は晩鐘《ばんしょう》でんな」

「晩鐘……」

鷹矢が怪訝《けげん》な顔をした。

「夕暮れに一日の終わりを教えるために撞《つ》く鐘の音でんな」

土岐が説明した。

「正確には、三井寺《みいでら》の晩鐘でんねん」

「三井寺なら先ほど通り過ぎてきたぞ」

言われた鷹矢が驚いた。

「過ぎましたなあ」

あっけらかんと土岐が言った。

「それでは意味がないだろう」

鷹矢が土岐に迫った。

「典膳正はん、おとなしく三井寺の晩鐘を聞いて帰って、お公家衆が納得されまっか」

「納得……」

土岐の言葉に、鷹矢が戸惑った。

「風流でっせ、風流ちゅうのは、他人に言われたことだけやっていてできるもんやおまへんで」

「他人に言われたことだけ……」

「それは、ものまねですわ。例えば、月を見て、綺麗《きれい》と感心するだけなら誰でもできま。それこそ五歳の童《わらべ》でも言いまっせ。もし、三井寺の晩鐘を聞いて、素晴らしい音でおましたと、典膳正はんが御所で言うてみなはれ、それこそ笑いもんですわ」

「笑い者になると」

「はいな。もちろん、面と向かって禁裏付はんを笑えるお公家はんはいてはりませんけどなあ、陰で腹抱えて笑いまっせ。そして、二度と典膳正はんとつきあいまへん。話する相手やないと見放されま」

　土岐が語った。

「では、吾《われ》はここでなにを見ればいい」

　鷹矢が問うた。

「坂本は、天台宗《てんだいしゅう》の本拠地みたいなところですわ。まずは滋賀院《しがいん》に行きまひょう」

「わかった。すべては任せる」

　誘う土岐に鷹矢は従うと告《つ》げた。


　滋賀院は、比叡山の本坊であり、天台座主《ざす》の居所であった。その格式は門跡《もんぜき》寺院として高く、小堀遠州《こぼりえんしゅう》作と伝えられる庭園は有名であった。

滋賀院を建立《こんりゅう》したのは黒衣《こくい》の宰相《さいしょう》とまでいわれた徳川家康《とくがわいえやす》の側近、天海大僧正《てんかいだいそうじょう》であった。後陽成《ごようぜい》天皇から、応仁の乱で荒れ果てた京法勝寺《ほっしょうじ》を下賜《かし》された天海大僧正が、坂本へ移したもので、その墓所も滋賀院のなかにあった。

「ちょっとだけ坂をあがって、左ですわ」

「初めてと言ってなかったか」

あまりに詳しい土岐に、鷹矢は疑いの目を向けた。

土岐が平然と応えた。

「初めてでっせ」

「その割に詳しいではないか」

鷹矢は問うた。

「御所にいてますとな、お公家はんのお話を毎日耳にしまんねん。そのほとんどが、女と金と、名所旧跡へ行ったという自慢話ですわ。耳にたこができるくらい聞かされてみなはれ、どこの公家の姫が寝床でええ声出すとか、どこの商家が金を貸してくれるとか、坂本のどこになにがあるかとか、覚えてしまいまっせ」

耳学問だと土岐が言った。

「……………」

女のことが出ては、喰い下がるのも難しい。鷹矢は黙った。

「そういえば、南條《なんじょう》はんの姫はん、追い出さはったんでしたなあ。気になりますやろ」

黙った鷹矢に土岐が訊《き》いた。

「気にならぬとは言わぬが、南條どのは二条《にじょう》家の紐付きだからな」

南條蔵人《くろうど》の次女、温子《あつこ》は二条家の家宰《かさい》松波雅楽頭《まつなみうたのかみ》から、禁裏付となった鷹矢の様子を探る細作《さいさく》として、送りこまれた。それがあきらかになったため、鷹矢は温子を禁裏付役屋敷から放り出した。

「随分、役立ってはったですやろ」

細作とばらした土岐が、今更温子をかばった。

「ああ。京へ来たばかりで、まわりのことがまったくわからなかったとき、南條どのには、助けられた」

京は外からの圧力に晒《さら》され続けてきたためか、よそ者に厳しい。旅などで数日滞在するだけならば、さほど影響はないが、赴任などで長期滞在するとなると露骨に感じる。

商いで足下《あしもと》を見られる、なにか危ない気配があっても教えてもらえないなど、消極的な対応をされる。それが温子のお陰でかなりなくなっていた。

「お知りになりたいでっか、それともきっぱり切りはりますか」

土岐が足を止めて、鷹矢をじっと見つめた。

「……知りたいと思う」

しばらく悩んで、鷹矢が言った。

「よろしいんか。知ってしまえば、手を差し伸べることになりまっせ」

土岐が念を押した。

「手を差し伸べる……か」

鷹矢がふたたび悩んだ。

「ゆっくり考えなはれ。京へ帰ってからでもよろしいで」

猶予を土岐が与えた。

「……ああ」

鷹矢がうなずいた。

「今は、折角の風景を楽しみまひょ」

土岐が、雰囲気を明るくするように言った。

坂本には天台宗の寺院がたくさん並んでいる。そのいずれもが見事な穴太積《あのうづ》みの石垣を持ち、ちょっとした城郭のような体《てい》をなしている。

道筋も決して一本道ではなく、まっすぐに奥を見通せる場所は少ない。

「曲がったな」

その唯一といえる日吉大社《ひよしたいしゃ》参道、その入り口、大鳥居の陰から、鷹矢たちの姿を見ている者がいた。

「ここでは人通りが多すぎるぞ」

浪人二人組の一人、奥出《おくいで》がもう一人の沢野《さわの》へ述べた。

日吉大社は、全国にある日吉、日枝《ひえ》、山王社《さんのうしゃ》の総本宮である。比叡山の方難守護の社《やしろ》としても知られている。その縁で信長の焼き討ちにも遭ったが、今は見事に復興し、都人の厚い崇拝を受けている。

東海道、越前街道などを利用する旅人も、その安全を祈願するために立ち寄り、参道には人が溢《あふ》れていた。

「目立つのは、中山《なかやま》さまの御意志ではない」

沢野も同意した。

「顔を見られれば、まずいしの。折角の仕官が流れる」

奥出も難しい顔をした。

「十石五人扶持《ぶち》だぞ」

表高は年貢と同じで五公五民で、五石に減るが、扶持米はそのままもらえる。五人扶持はおよそ年に九石、合わせて十四石の年収になった。

一石一両として、年に十四両にしかならず、庶民とさほどかわらない生活しかできないが、それでも子々孫々まで禄はもらえる。

明日のない浪人にとって、三日先、一カ月先、一年先の話ができるのは、なんともありがたいことであり、仕官などまずなくなった今、まさに宝の山を掘り当てたに等しい。それを捨て去るわけにはいかなかった。

「そういえば、あいつはどこだ」

「……あそこだ。あの馬鹿、また女に絡んでいる」

奥出と沢野があきれた。

「なあ、よいであろう。そこの陰でちいと話をせぬか」

鳥居からさらに湖に近い街道で、大柄な浪人が若い女につきまとっていた。

「あれがなければ、辰岡《たつおか》もいい腕なのだがな」

「だが、とても仕官には向かぬぞ。抱えられた途端、家中の婦女子に手を出して騒動を起こしかねぬ」

二人の浪人が嘆息した。

「素行がよい浪人なんぞ、まずおらぬ。まあ、いてもそういった連中は、寺子屋の師匠や、商家の帳面付けなどに雇われて、刺客なんぞやりもせぬ」

奥出が苦い顔をした。

「一両で雇えるのは、あやつがいいところか」

沢野も小さく首を振った。

「女癖はどうしようもないが、檜川に勝てるのはあやつくらいだろう」

「ああ」

何とも言えない顔で奥出がうなずいた。

「そろそろ止めねば、役人が出張《でば》ってくるぞ。呼んでくる」

「頼む」

他人目《ひとめ》の多いところで女に浪人が戯《じゃ》れかかるのはまずい。坂本には大津代官所出先があり、そこには手代が詰めている。代官所の手代は、年貢の勘定が専門の役方であり、武力など欠片《かけら》も持っていないが、その配下には捕り方がいる。

今から鷹矢たちを襲うというときに、騒動など起こされてはたまったものではなかった。

「辰岡氏」

「よいではないか、のう」

まだ女の袖《そで》を摑《つか》んでいる辰岡に沢野が声をかけた。

「少し待ってくれ。もう少しなのだ」

辰岡が沢野を見ることなく、拒んだ。

「なにがもう少しだ。女が怯《おび》えているではないか。周りを見ろ。人だかりができ始めているぞ」

「怯えているのではなく、これは恥じらっているだけ……」

沢野の忠告に、ようやく辰岡が周囲に気を回した。

「………」

多くの人が苦々しい顔で己を見ているのに気付いて、辰岡が手を引いた。

「ごめんを」

間に入ってくれた沢野に、一礼して女が逃げていった。

「……ああ」

辰岡が未練の声をあげた。

「いい加減にしてくれ。これで何度目だ」

沢野が辰岡を叱った。

「二十人も口説《くど》けば、一人くらいはどうにかなるのだぞ。ただでやれたかも知れぬというに、惜しいことだ。あの女、着痩せする質《たち》と見た」

走り去っていく女の尻を辰岡が目で追った。

「遊びに来ているのではないとわかっているのか。仕事をしてもらわねば困る」

「仕事……わかっている。で、どこでやる」

辰岡がつまらなそうに訊いた。

「ここだ」

「この街道沿いでか」

辰岡が首をかしげた。

「あほう、そんな目立つまねをするか。ここ、すなわち坂本でという意味だ」

沢野が怒鳴りつけた。

「……騒いでるのはどっちだ」

不機嫌な顔で辰岡が、沢野を見た。

「そ、そうであった」

辰岡の感情を映さない目に沢野の怒気が霧散した。

「金はまちがいないのだろうな」

「ああ。一両、ことがなれば渡す」

「この場でもらえるのだな」

「約束する」

念を押す辰岡に、沢野が首肯《しゅこう》した。

「結構だ。坂本にはいい女郎屋があるからな」

街道に沿っている宿場には、女を置いているところがあった。幕府領での遊女屋はほとんどの場合御法度であるため、表向きは旅籠《はたご》で遊女は飯盛女《めしもりおんな》とか、垢《あか》すり女とか言い換えてはいるが、中身は単なる遊郭であった。

「辛抱できぬでな。やるぞ」

辰岡がやる気に満ちた。

「こ、こっちだ」

沢野は心中の動揺を隠して、辰岡を先導した。

二

御三家水戸《みと》徳川家京屋敷用人、中山主膳《しゅぜん》のもとに二条家家宰松波雅楽頭が現れた。

「これは雅楽頭さま」

中山主膳は、松波雅楽頭を最上級の客間へ通して、下座で平伏した。

公家の家宰は、武家の用人と同じである。仕事だけでいえば、中山主膳と松波雅楽頭は同役であった。しかし、中山主膳は無位無冠の陪臣《ばいしん》でしかないが、松波雅楽頭は従五位の官位を与えられている。さすがに水戸家当主の従三位権《ごんの》中納言《ちゅうなごん》には及ばないとはいえ、そのへんの譜代大名なら畏《おそ》れ入らせるだけの官位になる。

「すまぬの。不意に参って」

上座へ腰を下ろした松波雅楽頭が、頭を下げず口だけで詫《わ》びた。

「いえ、ようこそおいでくださいました」

中山主膳は最大級の歓迎を見せた。

二条家と水戸徳川家は、親戚筋になる。二条家当主治孝《はるたか》のもとへ水戸徳川宗翰《むねもと》の娘嘉姫《よしひめ》が嫁いでいた。

両家が縁を結ぶための遣り取りも、最初から中山主膳と松波雅楽頭が執《と》りおこなった関係もあり、二人は親しいと呼べるほどの仲といえた。

「で、ご用件は」

とはいえ、中山主膳は世間話をせず、いきなり本題を問うた。公家と長く話せば、かならず金の話になり、要《い》らぬ負担を求められるからであった。

「禁裏付が物見遊山《ゆさん》へ出たそうやの」

供された茶を啜《すす》りながら、松波雅楽頭が言った。

「だそうでございますな」

「見送りの者は出たのであろう」

松波雅楽頭が刺客は出したのだろうなと問うた。

「もちろんでございまする」

強く中山主膳がうなずいた。

「それはよきかな。で、手配りは十二分やろうな」

「手練《てだ》れ三名を向かわせましてござる」

「三名……禁裏付は何人で物見遊山に出たんや」

中山主膳の答えに松波雅楽頭が、眉《まゆ》をひそめた。

「わたくしどもの確認では二名でございまする」

「二名に対し、三人かいな。それでいけるんか」

松波雅楽頭が険しい目をした。

「三人ともかなり遣いますれば」

大丈夫だと中山主膳が保証した。

「ほならええねんけどな。御所はんがな、一条《いちじょう》はんとか近衛《このえ》はんに甘く見られてるんやないかとお気に病みでの。ここで失敗したとあってはなあ」

最後まで言わないのが公家である。最後まで言えば、要求あるいは依頼になる。要求や依頼には、責任が生じる。それを言わずに、相手に忖度《そんたく》させるのが公家であった。

「足りぬと」

「麿《まろ》は武家やないさかいなあ。二人に三人でどうやなんてわからへん。多いのか、少ないのかもな。ただ、失敗はあかんと知っているだけや。多すぎて困ることはないやろう」

もっと手厚くしろと松波雅楽頭が暗に求めた。

「しかし、数を多くすると、出て行くものが増えますすゆえ」

人を雇えば金がかかると中山主膳が渋った。

「要るもんは、要る。そうやないか、主膳」

公家は金を出さない、というより出せない。五摂家といったところで、その禄は数万石の大名家の家老ていどでしかないのだ。

なによりも、武家に実権を奪われているのだ。いや、武家に預けていると考えている。金は武家が負担するものだと公家は端《はな》から考えており、一文も出す気はない。

「京屋敷で、差配できる金には限度がございまする。もちろん、ここであと五人くらい増やすだけのものはございますが、その代わり、二条さまのお求めのいくつかはお諦めいただかねばなりませぬ」

金を出せば、その分、二条家への援助が減ると中山主膳が告げた。

「御所はんへのお手当が薄うなる。それはあかんな」

松波雅楽頭が手を振った。

「でございましょう」

中山主膳が吾《わ》が意を得たりと首を縦に振った。

「しやけどな、禁裏付をどうこうするのは、そっちの仕事や。御所はんには関係あらへん。そうやろ」

二条家にその後始末を押しつけるなと松波雅楽頭が、首を横に振った。

「それは……たしかに」

二条家の頼みを受けてのことであっても、形は自発的に動いているとしなければならない。これが公家とのつきあいであった。

公家、とくに天皇家に近い五摂家や清華《せいが》、名家などの名門は神の一門であり、何一つ傷を付けてはならない。

「そやろ。ほな、御所はんへの合力《ごうりき》は今まで通りにするやろな」

「それはもちろん」

「重畳《ちょうじょう》、重畳」

手当金は減らさないと言った中山主膳に、松波雅楽頭が手を叩いた。

「ほな、頼んだで」

松波雅楽頭が立ちあがった。

「ご用件は……」

それだけのために来たのかと、中山主膳が唖然《あぜん》となった。

「ちゃんとしてくれてたらええ。その念押しだけや。もし、これであかんようなことがあったら、御所はんから水戸の殿さんにお叱《しか》りのお手紙を書いてもらわなあかんからな」

「殿へ、お叱りの……」

松波雅楽頭の言った内容に、中山主膳が蒼白になった。

京屋敷用人の仕事は、公家衆との仲立ちである。とくに御三家徳川水戸家は、二代光圀《みつくに》公以来、尊皇で知られている。その京屋敷を預かる用人が、二条家から足りぬと指摘されたとあっては、面目が立たないにもほどがあった。

「お、お待ちあれ」

「なに慌ててるんや。十分なことさえしていてくれたら、こっちも文句は言わへんがな。一人一両の料理をおごってもらってやで、まずいと言うて怒るかえ。そのときは、料理人を叱るわ。金主に当たるようなまねはせえへん」

顔色を変えた中山主膳に、松波雅楽頭が気にしすぎやと応じた。

「二人に三人で足りるんやったら、どのような結果になっても麿は笑ってみせる」

「足りなかったときは……」

「……ほな、邪魔したな」

確認を求めた中山主膳に答えず、松波雅楽頭が去って行った。

「まずい、まずいぞ」

中山主膳は震えた。

奥出と沢野が二人では足りないので、一人分追加の金をくれと言ったのでさえ、中山主膳は渋ったのだ。

「もともとは二条家の問題ではないか」

二条家、いや松波雅楽頭が鷹矢との関係をこじらせたことが、発端なのだ。その後始末を押しつけられただけではあったが、そういって通用しないのが公家である。

「どうする、どうする。今更、奥出や沢野たちと連絡も取れぬ」

禁裏付とその家臣、二人を始末するだけならば、さほどのことはないと、藩から連絡用の家臣も出していないし、坂本ではどこどこの寺院あるいは旅籠を拠点にしてという手配もしていない。

今から増援を出して向かわせても、すでに連中は坂本に着いている刻限である。合流して戦力を増強する前に、ことは始まってしまう、いや、終わっている。

これで勝っているならいいが、もし、負けていれば中山主膳は終わる。

「逢坂《おおさか》の関で陣を敷くしかない」

京と近江《おうみ》を隔てる逢坂の関は、東海道を進む旅人がかならず通るといっていい。ここで待っていれば、凱旋《がいせん》する奥出と沢野、あるいは生き延びた鷹矢たちを見つけることは容易であった。

「人を探している余裕はない」

刺客というのは、そうそういる者ではなかった。いても背中に刺客と書いた幟《のぼり》を付けているわけでもない。

たしかに用人ともなれば、いろいろなことをしなければならず、ときと場合によっては闇と付き合うこともある。

とくに京は本国の水戸から遠いということもあり、赴任を命じられたり、使者としてやってきたりした藩士たちは、羽目を外したがる。

また、京は己で産業を持たず、地方から出てきた者に金を遣わせることで生きている土地でもあり、歓楽街が多く、女たちも愛想が良い。

国元の女たちのように固いことも言わず、脂粉の香漂わせ、しなだれかかられては、田舎《いなか》侍など一撃で落ちる。

そうなれば、身分も経済力も関係なくなり、あっという間に身動きができなくなる。女を呼ぶ揚屋への支払いがたまり、藩邸へ怒鳴りこまれる者も出てくる。

これくらいならばまだいい。金で解決が付くならば、藩邸が弁済し、国元へ要求すれば良い。支払えなければ、その藩士は放逐《ほうちく》されるが、禄が浮くぶん藩は損にはならない。

　問題は、藩に頼らず、開き直る者であった。

「吾が女を勝手に他の客に宛《あて》がうなど……」

「金などいつでもよいと申したではないか」

　女の口説《くぜつ》を信じて、舞いあがった藩士たちが、店を相手に凄《すご》む。こうなると一気に話はややこしくなった。

　どこでも同じだが、女や酒を売り買いする店は、なにかと問題を起こしやすい。酔った客が暴れたり、女に振られた客が難癖を付けたりしてくる。これを解決するために、こういった店では、無頼の親分と手を組んでいることが多い。

「お客さん、困りますね」

「女も商売ですからね。多少の褒め言葉や口説き文句は言いますぜ」

　店に呼ばれた無頼たちが出てきて、酔いでも覚めればまだいいが、頭に血がのぼった藩士は納得しない。

「武士をなんだと思っている」

「拙者はなになに藩の者だぞ」

身分をひけらかして、もめ事を優位に進めようとするが、こういった場所で出自は何の役にも立たない。

「それがどうした」

「力ずくがお望みなら」

百年どころか二百年近く、戦ってもいない武士と、いつも荒事で鍛えられている無頼では、勝負にならない。

それこそ、身ぐるみ剝《は》がされて放り出される。

武士が無頼に負けた。これが表沙汰になれば、藩の名誉は地に落ち、藩主は江戸城で顔を上げて歩けなくなる。

「なんということをしてくれた」

家臣にとって主君に恥を搔《か》かせるほどの大罪はない。当人は切腹、一族は放逐、さらに京屋敷の用人、国家老なども職を辞さなければならなくなる。

まさに大事であった。

そうなっては、後始末にどれだけの手間と金がかかるかわからない。そうならないようにするのも用人の腕であり、用人たちは無頼の親分とのつきあいを細々ながら持っていた。

「刺客を紹介してくれ」

こういった依頼も無頼は受ける。金になるならばなんでもするのが、闇である。そして、それをもとにゆすりをかけないのも決まりであった。

「何々という親分は、仕事を受けておきながら、後々、依頼主を脅している」

こういった噂が出れば、二度と頼みごとをしてくる者はいなくなる。

「てめえのおかげで、こちとらおまんまの食い上げじゃねえか」

どころか同業たちから狙われる羽目にもなる。

秘密は守る。これが闇の掟《おきて》であった。

とはいえ、右から左に用意できるものとそうでないものがある。刺客なぞ用意できにくいものの代表であった。

刺客は人を殺して金をもらう。御法度も御法度の生業《なりわい》であるだけに、そのことをひた隠しにして生きている。数十人を斬殺した浪人が、普段は長屋で子供相手の手習い塾を開いているなど当たり前、なかには踊りの見事さで人気の芸妓が、裏で刺客をやっていることもある。

身許を知られては刺客は終わりだけに、無頼の親分も気を遣う。仕事の依頼でも、直接会ってどうこうなどはしない。無頼の親分とのつきあいがあると知られただけでも危なくなるのだ。慎重に慎重を重ねて連絡を取るだけに、今すぐなどという無理は受けない。

「では、千両いただきましょう」

受けるにしても、一人の刺客を使い潰《つぶ》すことになる。その刺客が残りの人生を生きていけるだけの費用を負担させられる。

「そんな金はない」

京屋敷は、つきあう相手が金食い虫といわれる公家だけに、多少の浪費は許されている。とはいえ、用人が大金を自在にできるほどではなかった。

「藩士たちを行かせるしかないか」

中山主膳が苦く頬《ほお》をゆがめた。

京屋敷は江戸屋敷に比べて人が少ない。そもそも水戸家は御三家のなかでも定府という家柄で、江戸屋敷に人が多い。京屋敷には、小者までいれて数十人ほどしかいなかった。

「儂《わし》の言うことを聞くとは思えぬ」

　ことがことだ。禁裏付という幕府役人を襲えと言われて、はいと従うはずはなかった。

「吾が家臣しかいないか」

　中山主膳は水戸家で名門に入る。初代徳川頼房《よりふさ》の補佐として幕臣から付け家老となった中山備前守《びぜんのかみ》信吉《のぶよし》の分家筋にあたる。石高も八百石と水戸家でも多いほうになった。

「今、京にいる者は、士分一名、小者四名」

　八百石だと侍は四人、足軽五人、小者六人が決まりであった。もっとも泰平が長く続いた今では、人を抱えるだけの意味も余裕なく、軍役どおりに家臣を備えているところなどまずなかった。

　京は物価が国元に比べて高い。中山主膳は最低限の家臣しか連れて来ていなかった。

「あとは、儂に従っている藩士だが……」

　京屋敷でもっとも上役が用人であった。

「むうう」

いつも中山さまと慕ってくる藩士だが、それを信じるほど中山主膳は愚かではなかった。

「このようなことを中山さまが……」

秘事を打ち明けた途端、江戸屋敷へ注進に及ばないとも限らない。

「やむを得ぬ。儂も出る」

己の家臣は信用できる。主君の命に逆らえば、放逐されて浪人になるしかないのだ。

「今から出れば、日が暮れ前には逢坂の関に着くだろう」

中山主膳が手配のために、腰をあげた。

三

滋賀院の石垣は、群を抜いて高い。

「吾が背をこえる」

石垣に沿いながら、鷹矢が驚いていた。

「御所の塀よりも高《たこ》うおまんな」

土岐も目を剝いていた。

「これが寺だと……ちょっとした城ではないか」

「信長はんに焼かれたからでっしゃろうなあ」

鷹矢の感想に、土岐が応じた。

「ここが正門だな」

石垣の中央に、三間《げん》（約五・四メートル）ほどの幅を持つ石段が設けられ、その奥に立派な門があった。

「開いていないぞ」

鷹矢が正面に立って門を見上げた。

「当たり前でんがな。ここには天台座主はんがいてはりまんねんで。門を開けっぱなしになんぞできまっかいな」

なにを言うかと土岐があきれた。

「開いてなければ、庭が見られないではないか」

当たり前のことを鷹矢が言った。

「正門から入るんが、すべてやおまへんで。こっちでんがな」

土岐はさっさと歩き出した。

「どこへ……」

鷹矢が文句を言いながらも後に付いた。

「あそこですわ」

少し行ったところに、規模の小さな門があった。

「勝手口でんな」

土岐がさっさと小さな門を潜《くぐ》った。

「おい……」

さすがに天台座主のいるところに、許しもなくと鷹矢が慌てた。

「お布施《ふせ》用意しといておくれやす」

くるっと振り向いた土岐が言った。

「布施……」

「お寺でっせ、ここは。お布施を出して、拝んでもらうところですやろ」

土岐が笑った。

「座主さまは……」

「雲の上の人でんがな。わたいらには関係おまへん。座主さまにお目にかかりたかったら、典膳正はんでも一月くらい前からお願いせんならんですやろ」

「会えるのか」

天台座主との面会が叶《かな》うという土岐の言葉に、鷹矢は唖然とした。

「なに言うてはりまんねん。典膳正はんは、幕府のお役人で従五位の下という位を朝廷から与えられていはるお偉いさんでっせ。さすがに今上さまに拝謁《はいえつ》を賜るというわけにはいきまへんが、お庭ですれ違うくらいはできまんねんで。いかに天台座主さまが門跡はんやいうても、正式な手続きを踏めばお目通りはかないま」

土岐がため息を吐《つ》いた。

「ちょっと待て」

鷹矢が引っかかった。

「吾が今上さまを拝見できるだと」

「できまっせ」

嚙《か》みつくような勢いの鷹矢に、土岐があっけらかんと認めた。

「歴代の禁裏付も……」

「百年前は知りまへんが、ここ何代かの禁裏付はんは、主上《おかみ》にお目通りをしてはりまへんな」

「していない……」

土岐の答えに、鷹矢が首をかしげた。

「誰も求めはりまへんよってな。こっちから教えてあげる義理はおまへん」

「……なぜ、吾には教えた」

鷹矢が声を低くした。

「簡単なことですわ。典膳正はんには、主上を知って欲しいからで」

「帝を……」

真摯《しんし》な顔で言った土岐に、鷹矢が驚いた。

「なあ、典膳正はん。主上はどういうお方やと思ってはります」

土岐が問うた。

「帝がどういうお方か……」

訊かれた鷹矢は戸惑った。

「考えてみたことさえ、おまへんやろ」

感情のない目で土岐が鷹矢を見た。

「……ああ」

鷹矢は首肯するしかなかった。

「主上かて、人でっせ。神やない。ものも言わん、飯も喰わん、女も抱かん、そんな木造のようなものと主上は違う。愚痴も言わはる、鮎《あゆ》の干物が好物で、気に入りの女《おなご》を愛《め》ではる、普通のお人や」

土岐が続けた。

「人には感情いうもんがおます。主上にもおまんねん。それを幕府は無視している。主上は祭りあげられているだけで、黙っとけ、これが徳川家康はん以来の幕府や」

「…………」

幕府と朝廷の歴史を知らない鷹矢は、なにも言えなかった。

「とくにあかんのが、白河《しらかわ》はん、松平越中守《まつだいらえっちゅうのかみ》はんや。あのお人は、朝廷への崇敬をまったく持ってへん」

「それは……」

「違うと言えまっか、典膳正はん」

反論しようとした鷹矢を、土岐が抑えた。

「…………」

鷹矢は黙った。

お使番から禁裏付へ鷹矢を動かしたとき、松平定信《さだのぶ》は朝廷の弱みを握ってこいと命じた。

弱みを握る。これは幕府の言うがままに朝廷を動かすという意志表示であり、そこに光格《こうかく》天皇への気配りはない。

「今まで、何十人という禁裏付が京へ来た。だが、誰も主上へお目通りを願い、そのお心内を聞こうとしたもんはいてへん。それでよろしいんか、典膳正はん」

「……禁裏付は、朝廷の目付ゆえ……」

「目付は人の話を聞かんでええと」

「そうではない……が」

険しい声で問われて、鷹矢は詰まった。

「たしかに幕府と朝廷という関係でいくと、幕府が勝ちや。なんせ、朝廷は幕府から食い扶持をもろうてる。まあ、もともとこの日の本は、津々浦々まで主上のもんには違いない。御領を幕府に託し、年貢などの雑用をさせていると言い張ることもできる。しゃあけど、これは建て前や。実際は幕府が治めてる、いや、武家が手にしている。それは認めなあかん」

　土岐が朝廷には力がないと述べた。

「では、幕府が朝廷よりも偉いかちゅうと違う。幕府を開くには朝廷の許可が要る。朝廷から徳川家の当主を代々征夷大将軍《せいいたいしょうぐん》に任じてもらわな、幕府は開かれへん」

「たしかにそうだな」

「いわば、朝廷と幕府は持ちつ持たれつや。それでやってきた。多少、幕府が無茶を押しつけてくるくらいで、今まではやってこれた。それを越中守はんは、崩そうとしてはる。幕府の都合だけ押しつけて、主上の願いを踏みにじる。これでええと思いまっか」

「…………」

　老中首座への非難を認めるわけにはいかない。かといってまちがってはいない。鷹矢は黙るしかなかった。

「反論せえへんちゅうのは、認めたも同じでっせ」

「………」

それでも鷹矢はなにも言えなかった。

「一度、主上にお目通りをしてみなはれ」

「無茶を言う」

禁裏付がどのような名目で、光格天皇へ拝謁を願い出るのだと、鷹矢は否定した。

「正式な目通りやおまへん。最初にそう言いましたやろ」

「どうやるというのだ」

土岐の申し出をどうしたらいいのか、鷹矢は困惑した。

「御所のお庭拝見を申し出てもらいま。そのとき、偶然主上がお側《そば》を通らはる。典膳正はんはお庭で、主上は御殿のお廊下や。上下の距離だけでお声は十分聞こえる。日時は主上のご都合になるけどな」

「帝とお話をする。そんなことが……」

「話をするんやない。主上が呟《つぶや》かれたお独り言を、偶然、典膳正はんが耳にする。そして、典膳正はんが漏らした言葉を主上の耳が拾いはる。それだけのことや」

恐縮する鷹矢に、土岐が述べた。

「偶然ちゅうやつやな」

「それが許されると」

「当たり前やがな。偶然を誰が咎《とが》めるねん。主上が庭をご覧になったときに、偶然雀《すずめ》が横切った。不埒《ふらち》な雀じゃ、捕らえて打ち首にいたせとはならへんやろ」

まだ納得のいっていない鷹矢に、土岐がわかりやすい例を出した。

「そうではない。二条や近衛などから苦情がでないかと」

禁裏付が光格天皇と会うなど、公家衆が認めるはずもない。もし、強行したときに、どのような反発が出るかを鷹矢は懸念していた。

「やってから、文句言うても遅いでっせ」

にやりと土岐が笑った。

「後々の面倒をわかっていても、やるべきだと」

「はいな」

確認をする鷹矢に土岐が強く首を縦に振った。

「手配は、そなたがするのだな」

「もちろん」

問うた鷹矢に土岐が胸を張った。

「おぬしは、何者だ」

鷹矢が土岐を見つめた。

「ただの貧乏仕丁でっせ。ちいとばかし、いろいろなところに顔の利《き》く」

土岐が笑ったままで答えた。

「教える気はないか」

「おまへんな。というより、わかりますやろ。ただ、わたいの口からそれを言うわけにはいかへんだけで」

嘆息する鷹矢へ、土岐が述べた。

「朝廷の、いや、帝の隠密《おんみつ》」

「…………」

正体を推測した鷹矢に、土岐は沈黙で応じた。

「そうか。わかった」

鷹矢は一人で納得した。

「では、手配を頼もう」

「いつがよろし」

光格天皇との目通りをと言った鷹矢に、土岐が尋ねた。

「早いほうがいいだろう。ぐずぐずしていると、邪魔が入る。三日後でどうだ」

密事は素早くするものだと鷹矢は決断した。

「三日後ですな。よろしおます」

「帝のご都合を伺わずともよいのか」

あっさりと認めた土岐に、鷹矢は目を剝いた。

「主上は御所から出かけはりまへん。出かけられへんのですわ。朝議とか五摂家のご機嫌伺いの刻限を避ければ、主上はいつでもお出ましになれま。なにせ、我が家の庭でっさかいな」

「たしかにそうだな。御所はすべて帝のお住まいである」

土岐の話に鷹矢も同意した。

「さて、そろそろお庭ですが、どないしはります。ほんまに見ますか」

「見てもわからん」

「ほな、帰りまひょ。ちょうど晩鐘が聞ける頃合いに、三井寺へ行くにはええあんばいですわ」

滋賀院の勝手口で、二人は踵《きびす》を返した。

四

奥出と沢野、そして辰岡が、滋賀院の前まで行きながら、なかへ入らず戻って来た鷹矢たちを見ていた。

「なにしに来たんだ、あいつら。坂本まで来ておきながら、名刹《めいさつ》を拝観せず、飯盛女の尻も撫《な》でずとは」

辰岡があきれた。

「誰でもおぬしと同じだと思うな」

沢野が己を棚上げにしている辰岡を諭した。

「男として生まれて、美食、女色をせぬ者など論外だろう」

辰岡は堪えていなかった。

「おい、遊ぶな。あと一丁（約百十メートル）ほどだぞ」

奥出が二人を諫《いさ》めた。

「そうであった。ここで仕留めるぞ」

「わかっているともよ」

沢野の言葉に、辰岡がうなずいた。

「もう一度手はずを確認する。まず、辰岡、おぬしが檜川を抑えろ。その間に、我ら二人であの老人と禁裏付を仕留める。しかるのちに三人で檜川を仕留める」

奥出が告げた。

「拙者は、檜川を引きつけているだけでよいのだな」

「そうだ」

念を押した辰岡に、奥出が首を縦に振った。

「別段、仕留めてしまってもよいのだろう」

討ち果たしても問題はなかろうと、辰岡が口の端をつりあげた。

「甘く見るな。檜川は潰れたとはいえ、大坂で剣道場をやっていたのだぞ。そこいらの遣い手と自慢しているような奴とは格が違う」

奥出が油断は禁物だと警告した。

「剣道場ならば、いくつ潰したかわからぬのだがな。なんとか流宗家だとか、何々流の流主だとかいった連中を殺してな」

辰岡が道場破りの経験を自慢した。

「やれるならば、やっていいが、決して、我らの邪魔になることはするな」

奥出がもう一度、太い釘《くぎ》を刺した。

「行くぞ」

沢野が二人に声をかけた。

檜川の歩みが変わった。ゆっくりと主《あるじ》である鷹矢の斜め後ろに従っていたのが、音もなく前に出た。

「敵か」

その様子に鷹矢が緊張した。

「なんでんねん、いったい」

一人土岐だけが慌てた。

「どうやら、襲撃のようだ」

鷹矢が太刀《たち》の鯉口《こいぐち》を切りながら応えた。

「襲撃……あいつらでんな」

　土岐も近づいてくる三人に気付いた。

「檜川どのとお見受けした。ゆえあって尋常な勝負を願う」

　辰岡が五間（約九メートル）ほどのところで立ち止まって、口上を述べた。

「拙者に尋常な勝負を望まれるか」

「いかにも」

　繰り返して問うた檜川に、真面目な顔で辰岡が首肯した。

「あいにくであったな。主持ちに尋常の勝負などない」

　檜川が一言で断った。

「なんだと。それでも剣術遣いか。勝負をなんだと思っている」

　辰岡が檜川を誹《そし》った。

「拙者は剣術遣いを止《や》めて、侍になったのだ。侍にとって、吾が名より、吾が命より、吾が剣より、主君が重い」

　檜川が堂々と宣言した。

「こいつめ……」

悔しそうな顔をした辰岡が、すっと太刀を抜いた。

「殿」

檜川が鷹矢を気遣った。

「こんなところで、そなたに尋常の勝負を望む者が出てくるわけなかろう」

鷹矢がわかっているとうなずいた。

「下手な芝居でんな。あんなんやってたら、三条河原でも石投げられますわ」

土岐も首を横に振った。

三条河原には、芸を売りものにする者たちが集まって、芝居のまねごとや、謡《うたい》のような振りを見せて、投げ銭を求めている。衣装さえまともに用意できず、酒樽《さかだる》の薦《こも》を打掛に見立てるような酷《ひど》いものだが、それでも観客を集めるときもあった。

「なんだ、最初からばれていたのか」

辰岡が苦笑した。

「当たり前だ。吾を襲うに最大の障害となるのが、檜川だ。その檜川をなんとか引き剝がそうと考えたのだろうが、浅はかに過ぎたな」

鷹矢が嘲笑《ちょうしょう》した。

「どうしてだ。剣術遣いというのは、仕合というのに弱いはずだ。挑まれたら、応じずにはいられないと」

「少し遅かったな。主君を得る前ならば、喜んで受けたであろうが。先ほども申した。もう、拙者は剣術遣いではない。剣術遣いでは喰えぬとわかったのでな」

　檜川が太刀を中段に構えた。

「まあいい。どちらにせよ、こっちの仕事は、檜川、おぬしを使いものにならなくするだけだ」

　抜いた太刀を上段にして、辰岡が間合いを狭めてきた。

「……少しは遣うようだな」

　動いても揺らがない辰岡の腰に、檜川の雰囲気が変わった。

「殿、拙者がこやつを片付けるまで、無理はなさいませぬよう」

　注意を残して、檜川が前に出た。

「よし、行くぞ」

「まずは、爺《じじい》からだ」

　奥出と沢野が、顔を見合わせて、対峙《たいじ》する檜川と辰岡を迂回《うかい》して土岐へと動いた。

「……あっ、馬鹿、間合いを読め」

辰岡が慌てて、剣を檜川に向けて振った。

「ふん」

間合いがまだ遠い。陽動だと見抜いた檜川は対応することなく、大きく右へ踏み出して、青眼《せいがん》の太刀を薙《な》いだ。

「おわっ」

「あつっ」

奥出はかろうじて避けたが、沢野の腰が浅く削られた。

「なぜ……」

「道幅を考えろ。三間（約五・四メートル）ほどしかないのだぞ。踏みこめば、切っ先が届く」

辰岡が怒鳴った。

「相手の立ち位置をちゃんと見てくれ。そっちの失策まで、こっちで面倒は見られぬ」

「すまぬ」

「くそっ」

　叱られた奥出と沢野が苦い顔をした。

「なあ、典膳正はん」

　そのありさまを見た土岐が、鷹矢に顔を向けた。

「どうした」

「どこの手やと思いはります」

　土岐が三人の浪人の後ろに誰がいると思うかと尋ねた。

「思いあたる節が多すぎる」

　鷹矢が苦笑した。

「知ってますやろか、後ろを」

　ちらと土岐が三人を見た。

「知らぬだろう。直接指示をした者が精一杯というところだな」

　鷹矢も緊迫感を失っていた。

「面倒くさいでんな。実りのない戦いは」

「ああ。だから、さっさとすませる。檜川」

ため息を吐《つ》いた土岐に同意して、鷹矢が声をあげた。

「承知」

檜川がするすると辰岡へと歩を進めた。

「こいつ、舐《な》めているのか」

無造作な檜川に、辰岡が苛立った。

ともに真剣を手にしているのだ。刃が当たれば、大怪我どころか命を失いかねない。そんな状況で、あっさりと間合いを割ってくる。これは相手の技量を確実に下だと見ていなければできないことであった。

「ふざけるな」

怒った辰岡が先ほどの見せ太刀で下段に変わっていた白刃を、撥ねるようにした。見えにくい下段から、下腹への切りこみを狙った一撃であった。

「………………」

無言で檜川がそれを手にした太刀で受け止めた。

重さに逆らう形になるだけに、下段からの斬りあげは軽くなる。とはいえ、十分に腹を裂くだけの勢いのそれを、檜川はなんなく押さえこんで見せた。

「昔は相当遣えたようだが、数年、鍛錬をしておらぬだろう」

「なっ」

言われた辰岡が目を剝いた。

「過去の財産で、今までは勝てた。だが、それも今日までだ。ふん」

冷たく言い捨てて、檜川が押さえていた辰岡の太刀を下へ弾き飛ばし、その反発を利用して、斬りあげた。

「がはっ」

太刀ごと両手を下へ払い落とされた辰岡の背筋が連れて前にのめり、顎《あご》が突き出た。それを檜川の太刀が割った。

「あがあがが」

下顎を二つに割られたところで、人は即死しない。盛大に血を撒《ま》きながら、辰岡が後ろへと倒れた。

「た、辰岡」

「そんな……」

崩れた辰岡を見た奥出と沢野が絶望の声を漏らした。

「さて、こちらもすまそうか」

「えっ」

「いつの間に」

辰岡と檜川の戦いに気を取られていた奥出と沢野の前に、太刀を振りかぶった鷹矢が立っていた。

「わああ」

沢野が背を向けて逃げ出した。

「置いていくな」

奥出が後を追おうとした。

「逃がすかよ」

鷹矢が太刀を落とした。

「ぎゃあ」

背を斬られた奥出が絶叫した。

「待て……」

「追わずともよい」

逃げ出した沢野を追撃しようとした檜川を鷹矢が止めた。

「こいつらが死ぬ前に、話を訊かねばならぬ」

「さようでございました」

檜川が詫びた。

「こっちは、しゃべれまへんで。顎《あご》も舌も真っ二つですわ」

痙攣《けいれん》している辰岡に近づいた土岐が、嫌そうな顔で言った。

「となると……」

檜川が血刀を手に提げたまま、奥出へと迫った。

「……た、助けてくれ。背中が痛い。医者を呼んでくれ」

奥出が泣き声を出した。

「傷は浅い。このていどで人は死なぬ」

冷静に傷をあらためた檜川が奥出に告げた。

「背中を斬られたのだぞ」

奥出が反論した。

「刃筋が合っておらぬゆえ、肉を削《そ》いだくらいだ」

「むう」

家臣に下手だと言われた鷹矢が膨れた。

「よろしいがな。無駄に殺生をする意味はおまへんで」

土岐が鷹矢を慰めた。

「……たしかにな」

鷹矢が不承不承認めた。

「誰に頼まれた」

「………」

檜川の問いに奥出が黙った。

「言わぬならば、我らにとってその口は無用になるが……」

すっと檜川が血刀を奥出の目の前に突き出した。

「……金をくれ」

奥出が条件を出した。

「なにを言っている」

檜川が唖然とした。

「もう京へ戻れぬゆえ、ここから旅立たねばならぬ。そのぶんの金をくれ」

「厚かましいやっちゃなあ」

　土岐があきれた。

「吾は浪人だ。明日の保証があるわけではない。今を生きるために必死なのだ」

「それで他人を襲うか」

　鷹矢が憮然《ぶぜん》とした。

「当然だ。吾より他人が重いわけなどない。依頼主よりも、吾が大事。ただ、相応の代償を求めたいと言っているだけだ」

　奥出が手を出した。

「いかがいたしましょう」

　檜川が判断を鷹矢に預けた。

「そうよな。こやつの後ろに誰がいるか、知りたいところだが、金を払ってこやつを生かしたほうが、後々の禍根《かこん》になるような気がする」

　鷹矢が土岐へと目をやった。

「さいでんな。金がなくなったら、まちがいなく他人を襲って金を奪いまっせ。こんなやつは改心しまへんで」

土岐が冷たく同意した。

「ま、待ってくれ」

鷹矢と土岐の態度に、奥出が震えた。

「では……」

檜川が太刀を引いた。

「しゃべる、しゃべる」

奥出が泣き声を出した。

「さっさと言え」

「金はなしか……」

檜川に脅されて、奥出が肩を落とした。

「命のほうが金より重かろう」

「わかっている。そこをはき違えるほど愚かではないわ」

鷹矢に言われた奥出が力なく言い返した。

「殿に対し……」

無礼だと檜川が切っ先を奥出に突きつけた。

「水戸藩京屋敷用人の中山主膳だ」

奥出があわてて白状した。

「水戸藩京屋敷用人の中山主膳」

思いあたることのない鷹矢が怪訝な顔をした。

「……水戸でっか。なるほど」

対して土岐は、理解したと首肯した。

「わかるのか」

鷹矢が土岐に訊いた。

「二条はんですわ。水戸と二条はんは姻族でっさかい」

土岐が答えた。

「姻族……そのていどで幕府役人を襲わせるとは」

鷹矢が目を剝いた。

水戸家は徳川のもっとも近い一族である。その始祖は徳川家康の末子で十一男の頼房で、十男で紀州徳川家始祖頼宣《よりのぶ》の同母の弟になる。そのせいか、御三家として徳川の名跡を許されているが、官位は尾張《おわり》、紀州の大納言に対し、中納言までしかあがれず、領土もほぼ半分しか与えられていない。

あからさまな区別にすねたのか、初代頼房は子供たちを認知せず、一代で水戸家を潰そうとした。それを家臣たちが無理矢理押さえつけて、次男の光圀を認知させ、無事に代を継がせた。もっともそれが光圀に影響を及ぼし、水戸家は徳川よりも朝廷に忠義を尽くすと言いだした。

「水戸家に雇われたか」

鷹矢が奥出を睨《にら》みつけた。

「ち、違う。水戸家ではない。中山主膳に仕官する約束だった。十石五人扶持……で士分お取り立て。成功していれば、その日暮らしの浪人から抜け出られた」

奥出がため息を吐いた。

「…………」

檜川が頬をゆがめた。

「よろしおましたな、檜川はん」

檜川も大坂でその日暮らしに近い貧乏道場を経営していたが、土岐の紹介で鷹矢の家臣になった。

「吾が身に置き換えたか、檜川。うらやましいわ」

奥出が檜川を見つめた。

「……そうか。浪人にとって、仕官は夢なのだな」

鷹矢が理解した。

「つまり、そなたは中山主膳に雇われた」

「さよう。拙者と逃げた沢野の二人が、召し抱えられるはずであった」

「二人……では、そやつは」

倒れている辰岡を鷹矢が指さした。

「辰岡は金で雇った。仕官は二人までと言われていたからだ」

奥出が語った。

「そうか。他に刺客は」

「おらぬはずだ。少なくとも拙者は知らぬ」

確認した鷹矢に、奥出が首を横に振った。

「わかった」

うなずいた鷹矢が懐《ふところ》から紙入れを出した。

「二度と京と江戸へ近づくな」

鷹矢はなかから二分金を一枚取り出した。

「それっぽっち……」

「なんだと」

奥出が不満を口にし、それに檜川が怒った。

「いや、かたじけない」

檜川の迫力に、奥出が蒼白になった。

「もう、行け」

鷹矢が手を振った。

「助かった」

奥出がよろめきながら立ちあがった。

「次はない。見つけ次第に討つ」

氷のような声で檜川が宣した。

「わかっている。二度と京には近づかぬ」

奥出が背を向けた。

「……哀れなもんやな」

奥出が見えなくなったところで、土岐が呟いた。

「主を持たぬのは、武士ではない。さっさとあきらめて、両刀を捨てるべきであろうに」

鷹矢が応じた。

「それがでけへんから、浪人してまんねん。汗水垂らして働くという経験をしてへんから、生活の術《すべ》を失ったときにどうしようもなくなりまんね。檜川はんのように、剣術だけでも必死に修業してはったら、道も開けるんですけどな。禄を与えられることに慣れ、剣も学ばず、学は通り一辺倒といった連中が、一番あきまへん。食べていけなくなったら、もっとも最初に落ちますよってな」

土岐が続けた。

「まあ、そんな連中は、どこにでもいてますよって、一々同情なんぞしてられまへん。世のなかは世知辛いもんでっせ。働かざる者食うべからずですわ」

「耳が痛いな」

武士は禄を主君からもらって生きている。それこそ、田も耕さず、ものも作らず、商いで利を生むこともしない。まさに無為徒食であった。

「典膳正はんは、お役をしてはりまんがな」

土岐が手を振った。

「それに、わたいの言うた哀れというのは、浪人の境遇やおへんで」

「違うのか」

鷹矢が土岐の否定に、驚いた。

「わたいの哀れは、あの浪人へのものですわ」

「あやつのなにが哀れだと……」

土岐の言葉に、鷹矢が首をかしげた。

「怪我を負った浪人が、どこで金を遣いますねん。まともな宿屋や茶店なら、すぐに代官所か役所へ報《しら》せまっせ。それを避けるなら、後ろ暗いところへ行くしかおまへん。後ろ暗いところは、金さえあればなんでもできるとこですけどな、そうでなければかえってまずいところで。怪我をしてまともに抗《あらが》えない浪人が、小金を持って転がり込んでくる。どうなるかは、言わんでもわかりますやろ」

「……では、あやつは」

淡々と言う土岐に、鷹矢は啞然とした。

「殺されまっせ」

土岐が奥出の背中を追うように、遠くを見つめた。

第二章　関の夜

一

　南條温子は、二条家に身を寄せていた。すでに実家からは武家のもとへ人身御供《ひとみごくう》として出された段階で縁を切られており、二条家へ行くほかに道はなかったのだ。

「雅楽頭さまはお出《い》でか」

　二条家の勝手口ですることもなく佇《たたず》んでいた温子へ、水戸藩京屋敷用人の中山主膳が声をかけた。

「どちらはんで」

　問われてすぐにいるとかいないとか答えるようでは、公家でも武家でもやっていけない。会わせるべき相手かどうかをまず確認しなければならなかった。

「水戸の中山が来たと」

「……水戸さまの。でしたら、表から」

二条家と水戸家のかかわりを考えると、勝手口からではなく表門から出入りできる資格はある。温子は中山に表へ回るように勧めた。

「目立つわけにはいかぬのだ」

中山主膳が声を潜《ひそ》めた。

「……わかりましてございまする。今、雅楽頭さまにうかがって参りますゆえ、しばし、お待ちを」

「早く頼む」

待っているようにと伝えた温子を中山主膳が急《せ》かした。

「ここで佇んでいるのも見られたくないのじゃ」

勝手口側とはいえ、人通りが皆無ではない。大通りから路地へと目をやるだけでもどこに人がいることはわかる。

「はい」

焦る中山主膳に追われるようにして、温子は屋敷へと入っていった。

二条家の家宰も兼ねる松波雅楽頭には執務室が与えられている。すぐに二条大納言《だいなごん》治孝へ報告できるよう、奥に近い一室で、松波雅楽頭は、帳面を見ていた。

「米が高うなってるなあ。これでは、昨年よりかなり足が出るで。雑司どもの食い扶持を減らすしかないな。御所はんが、ご出世なさろうというときや。しばらくの我慢やし」

松波雅楽頭が、帳面を見ながら独りごちていた。

「雅楽頭さま」

廊下で手を突いた温子が、呼びかけた。

「……なんや、南條の娘か。どないした」

松波雅楽頭が温子に用件を尋ねた。

「お勝手に、水戸の中山さまとおっしゃるお人がお出でで」

温子が中山主膳の来訪を告げた。

「中山が……わかった。麿が行く」

少しだけ首をかしげた松波雅楽頭だったが、すぐに腰をあげた。

「ご案内を」

「要らん」

先に立って勝手口へ向かおうとした温子を、松波雅楽頭が制した。

「誰も近づかんように、見張っときや」

松波雅楽頭が、母屋《おもや》から勝手口へ近づいてくる者がないようにしろと温子に命じた。

「はい」

温子の立場では従うしかなかった。

「外に待たしているんか」

勝手口に着いた松波雅楽頭が、中山主膳の姿がないのに気付いた。

「お許しが出ておりませんので、お屋敷内に入れるわけにはいきませぬ」

もし、偽者であったときのことを考えて、外で待機させたと温子は応じた。

「気の利かんやっちゃな。まあ、しゃあない。次からはなかで待たし。外で見られては困るときもある」

中山主膳の顔は覚えただろうと、松波雅楽頭が温子に指示した。

「そういたしまする」

次からは黙って通すと温子はうなずいた。

「ふん。よう、見張っときや」

不満そうに鼻を鳴らして、松波雅楽頭が勝手口へと進んで行った。

「……なか入り」

勝手口を開けた松波雅楽頭が、外にいた中山主膳を招き入れた。

「失礼をいたしまする」

一礼して中山主膳が入ってきた。

「うまくいったんやな」

いきなり松波雅楽頭が、中山主膳に問いかけた。

「それが……」

「まさか、失敗したちゅうんとちゃうやろな」

松波雅楽頭の表情が険しいものになった。

「失敗はしておりませぬが……」

「はっきりせい」

口ごもるような中山主膳に、松波雅楽頭が苛立った。

「今から、わたくしも出ようかと思いまして」

中山主膳が自ら出向くと告げた。

「ほう、それはえらい気張りようやないか」

松波雅楽頭が、驚いた。

「第一陣でことが終われば、不要な第二陣ではございますが、それを率いて参ろうかと」

中山主膳が説明した。

「なるほどな。京へ戻せへんかったらええんや。明日、禁裏へ刻限までに顔出せへんかったら、お役ご免を要求できるわの」

松波雅楽頭が手を打った。

公家目付ともいわれる禁裏付には、厳格な規範が求められる。遅刻や無断欠勤などは論外であり、朝廷から所司代へ苦情が出されたら、咎めを受けるまでに辞職するしか、家を無事に継ぐ方法はなくなる。

「で、それを言いに来たんか。策を自慢しに来たというんやなかろうな」

松波雅楽頭が、中山主膳を睨んだ。

「とんでもないことでございまする」

睨まれた中山主膳が慌てた。

「ことをなした後でも、二条さまや水戸家にご迷惑をお掛けするわけには参りませぬ。そこでわたくしは一度、京を離れ、大坂へと向かいまする。一夜で戻って参りますが」

「なるほど。水戸家の者は京にいなかったとするんやな。いない奴は禁裏付の邪魔はでけへん」

松波雅楽頭が中山主膳の意図を読み取った。

「その証人に当家がなればええと」

「お願いをいたしまする」

中山主膳が頭を下げた。

京屋敷の責任者ともいうべき用人が、勝手に京都を離れるわけにはいかない。少なくとも、江戸屋敷へ書状を出して許可を得なければまずい。しかし、今回はその暇がなく、急な用件でやむを得ずだという体裁をとらなければならなくなっている。

その急な用件として二条家の求めほど、文句の出ないものはない。

「かまへんけど、少しは考えや」

「……そんな」

認めながらも、条件を匂わせた松波雅楽頭に、中山主膳が絶句した。

「二条さまの御用ですぞ」

「そうや。そやけど、それはそれや。理由を作るという約束はしてへん。端から、当家はかかわりないという話やったはずや」

松波雅楽頭が、拒んだ。

「さようでございましたが、状況に変化がございまして……」

「そんなん、こっちは知らん」

言いわけしようとする中山主膳を松波雅楽頭が切り捨てた。

「あまりな……」

中山主膳が唖然とした。

「たしかに頼んだのは、麿や。だが、引き受けたんはそっちやろう。引き受けるときに、こういったことはそっちでやってくれと言われたんならまだわかるが、話が終わってからの追加は別やろう」

松波雅楽頭が中山主膳を見た。

「一両で料理を出してくれと頼んで引き受けた店が、後からいい鮎が入ったので出しました。その分の金をくださいと言ってるのと同じや。出す前に別料金ですがよろしいかと訊くのが普通やろう」

「ですから、わたくしが出る前に……」

「出んでええがな。ちゃんとことをすませてくれたら、こっちはなんも文句もない」

「………」

冷たく切り捨てた松波雅楽頭に、中山主膳が呆然《ぼうぜん》とした。

「足らんと思うたなら、足りるようにする。それはええことや。ただし、その尻をこっちに持って来るのは、約束が違えへんかと言うとる」

「それでは……」

松波雅楽頭の強弁に、中山主膳が詰まった。

「とはいえ、そのまま見捨てるのも情がないわな。御所はんのお名前を借りるつもりで、ちいと出し」

「……いかほど」

金を要求する松波雅楽頭に、中山主膳が尋ねた。

「五両でええわ」

「……そんなに手持ちがございませぬ」

中山主膳がとんでもないと首を横に振った。

「水戸家の用人ともあろう者が、小判五枚も持ってないんかいな」

松波雅楽頭があきれた。

「武家にそのような余裕はございませぬ」

物価の上昇はあっても、家禄の加増はない。よほど高禄でもない限り、体面を取り繕わなければならない武士の生活はどこともかつかつであった。

「いくらなら出せる」

「……二両しか手持ちはございませぬ」

中山主膳が小さな声で告げた。

「二両かあ、屋敷に取りに帰る暇はないか」

「間に合わぬかも知れませぬ。逢坂の関に明るいうちに着きませぬと、見逃してしまうこともありえまする」

水戸家の京屋敷は烏丸通下長者町《からすまどおりしもちょうじゃまち》西入北にある。二条家の今出川御門北東とは少し離れている。一度京屋敷まで帰り、ふたたび二条家へ寄ってから、逢坂の関へと向かっては間に合わなくなるかもしれない。

「本末転倒やな。しゃあない。今回は特別や。二両でええわ」

「……はい」

中山主膳が渋々金を出した。

「用件は奥向きでええな」

正室の用件でいいなと松波雅楽頭が告げた。

「できれば、御所さまのお名前で」

水戸家の姫よりも二条家当主のほうが重い。二条家当主の用事ともなれば、用人自らが動いても不思議ではなかった。

「二両ではあかんな」

中山主膳の願いを、あっさりと松波雅楽頭は切った。

「御所はんのお名前は、そんなに安ない」

「……いたしかたございませぬ。なにかありましたときは、よしなに」

藩からの問い合わせがあったときには、かばってくれと中山主膳が頼んだ。

「わかってる。金をもろうたんやさかいな」

松波雅楽頭がうなずいた。

「では、御免を」

悄然《しょうぜん》として中山主膳が出ていった。

「かなわんなあ。武家というのは、なんでもこっちに頼ってきおる」

ぼやきながら松波雅楽頭が、勝手口から御殿へと帰ってきた。

「ああ、ちょうどええわ。茶、淹《い》れて持っといで。薄いのはあかん、濃いのをな。まだ、帳簿を見なあかんよってな」

松波雅楽頭が温子に命じた。

「はい」

温子は頭《こうべ》を垂れた。

二

鷹矢たちのもとから逃げ出した沢野は、京へとひた走っていた。

「二人やられたとお報せせねばならぬ」

沢野は走りながら思案をしていた。

「ただ、どう説明するかだな。うまくやれば、奥出のぶんまで拙者がもらえるかも知れぬ。少なくとも、拙者だけでも召し抱えてもらえるように持って行かねば……」

己のつごうの良いように話をどうするかを、沢野は考えていた。

「……辰岡が先走ったとするか。いや、奥出が……」

口のなかで呟きながら、京へ向かっていた沢野が、足を止めた。

「あれは……」

逢坂の関の付近に侍と小者がたむろしているのを、沢野は見つけた。

「京都町奉行所か」

刺客を引き受けるだけに、沢野は京の町でも悪事を働いている。押し借り、強姦、強盗など町奉行所に捕まれば、まず死罪は免れない。

京で侍と小者が固まっているのは、まず町奉行所か所司代になる。沢野は、足を止めて様子を窺《うかが》った。

「同心ではないな。袴《はかま》を着けている」

沢野は身を隠しながら、様子を観察した。

町方同心は、江戸と京、大坂を通じて同じ格好をしていた。犯罪者を追いやすいよう尻端折《しりはしょ》りするために着流しで、黒羽織というものであった。

「与力とも思えるが、同心がいないのはありえぬ」

普通の武家と同じ風体の与力だが、配下の同心を連れずに捕り物に出かけることはない。

「町方ではないな」

不逞《ふてい》浪人と呼ばれる連中の鼻はよく利く。沢野は結論づけた。

「目立たぬように通り抜ければいい」

沢野は肩の力を抜いた。

逢坂の関は道幅が狭い。大きく林のなかを迂回《うかい》するならばともかく、街道を通行する者の顔をあらためるのは容易《たやす》い。

「そなた、沢野ではないか」

逢坂の関にある茶店から、そそくさと峠越えをしようとしている沢野を呼ぶ声がした。

「えっ、その声は中山さま」

沢野が驚いて止まった。

「やはり、沢野か。そなた、どうしてここに。奥出はどうした」

茶店から中山主膳が姿を現した。

「中山さまこそ、なぜここまで」

沢野が呆然とした。

「そんなことはいい。で、どうなった。禁裏付は」

中山主膳が沢野に迫った。

「ああ、そのご報告に急ぎ戻りましてございまする」

沢野が片膝《かたひざ》を突いた。

「さっさと申せ」

中山主膳が急かした。

「……失敗いたしましてございまする」

沢野が俯《うつむ》いた。

「失敗……奥出はどうした」

「討たれましてございまする」

見捨ててきた奥出のことを沢野は死んだと告げた。

「もう一人の浪人を雇ったのであろう。そやつは」

中山主膳が追及した。

「檜川という禁裏付の家臣によって、真っ先に……」

沢野が首を左右に振った。

「それで、禁裏付はどうなった。まさか、無傷ではなかろうな」

責めるように中山主膳が確認した。

「……………」

沢野が黙った。

「無傷だというか。ええい、なにもできなかったと」

「……恥じいりまする」

より深く沢野が頭を下げた。

「情けない。それで一人逃げて来たと」

「逃げたのではございませぬ。中山さまが二の手をお打ちになられることができるよう、正確な報告を一刻も早くいたすべく……」

あきれられそうになった沢野が、あわてて言いわけをした。

「言いようだな」

中山主膳が顔をゆがめた。

「起こったことは仕方ない。今更繰り言を口にしても無駄だ。わかった」

大きく息を吐いて、中山主膳が考えを切り替えた。

「わたくしは、どういたせば」

中山主膳の怒りが、とりあえず納まったと見た沢野が訊いた。

「我らがなぜここまで出てきたのか、わかるだろう」

「後詰めでございますや」

沢野が確認を求めた。

「そうだ。そなたたちが失敗したときに、ここで迎え撃てば京へ禁裏付を帰さずにすむであろう。もっとも、止《とど》めを刺すていどですむと思っていたのだがな……」

情けなさそうな目で中山主膳が沢野を見た。

「……申しわけございませぬ」

沢野が平伏した。

「今度は期待してよいのだろうな」

「も、もちろんでございまする。主君の馬前で討ち死にするは武士の誉《ほま》れでございまする」

中山主膳の皮肉に、沢野は全力で応えた。

「きさまの奮闘に期待する。もし、禁裏付を討ち果たしたならば、先ほどの失態はなかったものとしてやろう」

「ありがたき仰せ」

沢野が歓喜した。

「ところで沢野、まだ禁裏付たちはこちらに来ていないのだな」

「はい。途中で抜かされた覚えはございませぬ」

中山主膳に確かめられた沢野が、うなずいた。

「顔を覚えられているだろう、そなたは茶店のなかに隠れておれ。我らが戦いを始めたら、機を見て、横から奇襲をしろ」

「奇襲でございますな」

「そうだ。護衛の家臣は無視しろ。禁裏付だけを狙え」

沢野に中山主膳が念を押した。

襲われた以上、できるだけ早く京へ戻るべきだと、鷹矢たちは三井寺の晩鐘を背中に聞き流すだけで飛ばした。

「ただの鐘の音でんなあ」

響く鐘の音を背に、土岐がため息を吐いた。

「たしかにな。京も江戸も近江も鐘に変わりはない」

鷹矢も苦笑した。

「土岐、公家はどこに鐘の音の差をつけるのだ」

歩きながら、鷹矢が問うた。

「そんなもん、わかりまへん。食べていくのが精一杯の仕丁になにを訊きまんねん。鐘の音で腹は膨れまへん」

土岐が手を振った。

「鐘の音で腹は膨れぬ。たしかにそうだな」

鷹矢も同意した。

「まあ、これも耳にしただけですけどな、三井寺の晩鐘は湖に船を浮かべて聞くのが一番やそうでっせ。水面の上だと遮《さえぎ》るもんがおまへんやろ。どこまでも拡がっていく鐘の音がたまらんとか」

首をひねりながら、土岐が言った。

「毎日、京で寺の鐘を聞いているというに」

鷹矢は何とも言えない顔をした。

「やっぱり、聞こえますか」

「聞こえておるわ。南禅寺《なんぜんじ》だの、東寺《とうじ》だの、知恩院《ちおんいん》だのと一日中鐘が鳴っているのではないかと思えるほどにな」

尋ねた土岐に、鷹矢が答えた。

「そのうち慣れまっせ」

土岐が笑った。

「殿、そろそろ日が暮れになりまする。提灯《ちょうちん》はいかがいたしましょう」

檜川が割りこんできた。

「……灯《あか》りか」

鷹矢が悩んだ。いかに東海道という幕府が整備している街道とはいえ、慣れていない道を見通しの悪い夜に行くのは楽ではない。昼間ならば引っかかるはずのない穴や木の根に足を取られて大怪我をすることもある。提灯で足下を照らしておけば、確実とはいえないが防ぐことはできた。

「止めときなはれ。夜の灯りは目立ちまっせ」

土岐が首を左右に振った。

「居場所を教えることになるな」

鷹矢も同意した。

「月明かりだけで、どうにかいたせ」

「承知いたしましてございまする。いささか、歩みを遅くいたしまするが、ご容赦を」

　無理を言った鷹矢に、安全のため速度を落とすと檜川が述べた。

「任せる」

　鷹矢は檜川に全幅の信頼を置いている。すぐに檜川の意見具申を聞き入れた。

　武家の歩みは速い。剣術にせよ、槍にせよ、すべての武術は足腰によるため、幼少から鍛錬を重ねているからである。

「よく付いてこれるな」

　鷹矢と檜川の歩みに、土岐が遅れていない。鷹矢は感心した。

「歩けば金がかかりまへんやろ。駕籠に乗ったら金が要る。それだけのこと」

　土岐が返した。

「そういうものか」

「はいな。そういうもんですわ」

　鷹矢の反応に、土岐が首肯した。

「そろそろ国境でございまする」

　先導する檜川が、逢坂の関が近いと告げた。

「もう少しだな」

鷹矢が安堵《あんど》した。

「油断はあきまへんで。古来から逢坂の関は盗人、追い剝ぎがよう出たところや。京に入るまで気は抜けまへん。まあ、典膳正はんにとって京も安全ではおまへんけど」

土岐が忠告した。

「であったな」

言われた鷹矢が認めた。

「どうやら、剣呑《けんのん》な話になりそうでっせ」

土岐が逢坂の関で灯りがいくつか蠢《うごめ》いているのに気付いた。

「待ち伏せだな」

すぐに鷹矢が読み取った。

「でっしゃろな。普通の旅人なら、あんな動きはしまへん」

土岐も同意した。

「先ほどの残党だろう」

「そうでないと……そうそう禁裏付を襲おうと考える者がいてるとあれば、京は終わってまっせ」

　土岐が大きく息を吐いた。

「だな。とあれば、あそこにいるのは……」

「水戸家京屋敷用人、中山主膳とその配下」

　確認を求めた鷹矢に、檜川が応じた。

「数はわかるか」

「灯りは全部で三つ、一つに三人ずついると考えて九人といったところでは」

　檜川が予想を告げた。

「少々きついな」

　戦えるのは二人、いや、実質檜川一人しかいないのだ。数が多い方が強いというのは、真理である。鷹矢は頬をゆがめた。

「……ここで一夜を過ごすわけにはいきませぬ。明日の朝には昇殿なさいませぬと」

「さいでんな。禁裏付が無断で休んだら、朝廷はそれ見たことかとくってかかってきまっせ」

　檜川の懸念に土岐も同意した。

「突破するしかない」

鷹矢が肚《はら》を決めた。

松波雅楽頭を見送った温子は、その足で勝手口を出た。

「典膳正さまが危ない」

温子は松波雅楽頭と中山主膳が、禁裏付東城典膳正鷹矢を狙っていると知っていた。

「…………」

一度敵対した以上、温子にとって鷹矢との縁はなくなったに等しい。

「でも、あかん。見捨てられへん」

温子は一心に百万遍《ひゃくまんべん》の禁裏付役屋敷を目指した。

「…………」

だが、禁裏付役屋敷を目の前にして、温子の足は止まった。

「今更、顔を出せへん」

温子の勢いがしぼんだ。

「……それに信用してもらえるか」

禁裏付役屋敷の前で温子がためらった。

「……………」

温子が禁裏付役屋敷の入り口をじっと見つめた。

「あの女は……たしか、東城のもとで女中をしていたはず」

禁裏付役屋敷をやはり見張っていた松平定信の腹心津川一旗《つがわいっき》が、不審な動きをする温子を見つけた。

「なぜ、屋敷に入らぬ。なにを逡巡《しゅんじゅん》している」

津川一旗が首をかしげた。

「あまりに不審」

温子の態度に津川一旗は険しい顔をした。

「問いただすべきだな」

津川一旗が、温子の背後に近づいた。

「少しよいか」

「……ひゃ」

後ろから声をかけられた温子が、妙な声をあげて驚いた。

「な、なんでございましょう」

温子が慌てた。

「そなた禁裏付役屋敷の女中であったな」

「左様でございましたが……あなたさまは……あっ、一度お見えになられた典膳正さまのお知り合い」

確認されて少し落ち着いた温子は、津川一旗の顔を思い出した。

「覚えていてくれたか。典膳正さまはおられるかの」

津川一旗が尋ねた。

「…………」

温子が黙った。

「そなた、どうした」

声を低くして津川一旗が問うた。

「うっ……」

詰問するような津川一旗に、温子が俯いた。

「まさか東城どのになにかあったのではなかろうな」

津川一旗が焦った。松平定信から鷹矢の警固を任された津川一旗と霜月織部《しもつきおりべ》の二人である。霜月織部が松平定信の呼びだしを受けて、江戸へ向かっている今、津川一旗一人がその役にあるといえた。

「お侍さま……典膳正さまをお助けくださいませ」

温子が津川一旗にすがった。

「話せ。なにがあった」

「じつは……」

温子が泣きそうな顔で告げた。

「……逢坂の関だな」

「そう、聞こえましてございまする」

念を押した津川一旗に温子がうなずいた。

「わかった、急ごう。そなたは、屋敷で待っておれ」

「……わたくしは、お屋敷に……」

温子がためらった。

「阿呆《あほう》、急を報《しら》せたそなたがおらねば、東城どのは誰に礼を言えばよいのだ。危機を逃れた男を迎えてやれるのは、女だけだ」

津川一旗が温子の背中を押した。

「よろしいのでしょうか……」

「拙者が許す。東城どのに礼を言わせてやれ。それもなく、そなたがいなくなれば、東城どのが困るぞ。礼を言う相手を失った者は、辛《つら》い」

「辛い……それはできませぬ」

温子が首を左右に振った。

「身体《からだ》を磨いて待っていろ。命の危機を通り抜けた男は、女を欲するからな」

言い残して津川一旗が駆け出した。

「女を欲する……」

残された温子の頬が赤くなった。

三

東から来る者に気を配っていた中山主膳たちは、鷹矢一行が逢坂の関の手前で立ち止まったことに気付いていた。

「あれだな」

中山主膳が三つの影を指さした。

「ばれたようだ」

「そのようでございまする」

主の確認に家臣が認めた。

「こちらから向かいましょうや」

家臣が突撃するかと問うた。

「いや、地の利を捨てるわけにはいかぬ」

中山主膳が否定した。

明るいうちに逢坂の関付近をよく調べておいたのだ。どこにへこみがあり、どこに岩が出ているかを頭に叩きこんでいる。しかし、こちらから攻めるとなると、足下がどうなっているかわからない。それこそ、こちらが穴にはまって、体勢を崩すかも知れないのだ。そうなれば、数の優位などあっという間になくなる。

夜戦最大の特徴は、相手の確認がしにくいというところにある。どれほど数が多くても、相手が敵か味方かを判断できなければ、思いきった戦いができない。下手をすれば、同士討ちをして、戦力を減らすことになる。それを防ぐには、闇でも目立つような合い印を付けるか、合い言葉を決めておいて反応できない者を敵と見なす。

ただし、これはどちらも大きな欠点があった。

闇でも目立つ合い印は、己の場所を味方に教える代わりに、敵にも報せてしまう。合い言葉は、声を発するため、息を吐くという行為を伴う。息を吐けば身体の筋を緩めてしまう。戦いの最中に身体の力を抜く。緊張を解くための息抜きならばいいが、声を発するために息を漏らすのは、大きな隙《すき》を生む。

最初から殺し合うとわかっているのだ、戦いの最中に隙を作るなど論外であった。

「三人で一人を押さえろ」

中山主膳が指示を出した。

「焦るなよ。用心棒の家臣には、無理にかからずともよい。ときを稼げ、残りの二組はできるだけ早く相手を殺せ。倒したならば、声をあげろ。それを合図に撤退する」

檜川を相手にして、怪我人や討ち死にが出るのは避けたいと中山主膳が告げた。

「……沢野、頼んだぞ」

小さな声で中山主膳が沢野に命じた。

「はっ」

家臣と小者たちが分散した。

その様子は提灯の動きで、しっかりと鷹矢たちに見られていた。

「歓迎してくれはるみたいでっせ」

土岐が苦笑した。

「のようだ」

鷹矢が首肯した。

「突破いたしまする」

檜川が太刀を鞘《さや》走らせた。白刃《はくじん》が月の光を受けてきらめいた。

「目立つな」

鷹矢が、檜川の刀を見て呟いた。

「これでは、こちらの居場所が一目瞭然《りょうぜん》になる」

数の少ないほうとしては、なんとかして居場所を特定できないように立ち回らなければ、勝負にならない。

「墨塗るっちゅうわけにはいきまへんやろ」

刀身を黒くすればと提案しながら、土岐が無理だろうと己で否定した。

「太刀に墨を塗ったりしたら、あとが大変だ。水気は刀に厳禁」

檜川が首を横に振った。

日本刀は鉄の塊《かたまり》であり、特殊な製法をとるため硬く曲がらず、剃刀《かみそり》をこえる切れ味を誇る。その代わり、水気には弱かった。錆《さび》が入るだけで、そこから折れても不思議ではなくなるし、水気を付けたまま鞘へ戻したら、なかで錆が生じて抜けなくなるときもあった。

「近づいてから抜くというわけにはいかぬのか」

「わずかなことではございますが、抜くという行為は手間取りまする。その遅れが大きな差になりまする」

鷹矢の提案に、檜川が難しいと答えた。

「しかたない。命を捨てるわけにも行かぬ。土岐、悪いな。そちらに気を回す余裕はない」

守ってやることはできないと、鷹矢が詫びた。

「しゃあおまへん。勝手に付いてきたんでっさかいな。己のことくらいなんとかしまっさ」

土岐が顔の前で手を振った。

「脇差《わきざし》でよければ、貸すぞ」

鷹矢が鞘ごと抜いた脇差を土岐の前に出した。

「おおきに。せっかくのお心づくしでっけど、遠慮しますわ。使ったこともないもん、振り回したら、吾が足を切るのがええとこで」

土岐が鷹矢の申し出を断った。

「そうか。だが、武器なしでどうするのだ」

鷹矢が脇差を腰へ戻しながら問うた。

「武器になるもんなら、そこらじゅうにおます」

そう言って、土岐が足下から拳《こぶし》ほどの大きさの石を拾い上げた。

「石か……」

「よろしおますで、石は。投げてよし、なぐってよし。なにより、捨てても惜しいことおまへん」

土岐がおどけた。

「そうだな。では、そろそろ行こうか。いつまでもここにいるわけにはいかぬ」

「はっ」

「はいな」

決意を見せた鷹矢に、檜川と土岐が首を縦に振った。

「お先に」

檜川が走り出した。

「おう」

追うように鷹矢が駆けた。

「若いでんなあ」

感心しながら、土岐が続いた。

彼我《ひが》の距離は十間（約十八メートル）少ししかなく、あっと言う間に間合いは縮まった。

「来たぞ。受け止めよ」

最初に警固の家臣が突っこんでくるのは当然、こちらもそれに応じて、唯一士分の家臣を含んだ三人組をあてた。

「棒を出せ」

家臣が、小者二人の持つ六尺棒を檜川目がけて突き出せと指図した。

「へい」

「おう」

二人の小者が、言われるまま近づく檜川に六尺棒を向けた。

「舐めるな」

檜川が太刀を一閃《いっせん》した。一人の六尺棒が、一尺（約三十センチメートル）短くなった。

「うわあ」

衝撃を手元に感じた小者が声をあげて、残っていた棒を落とした。

「こいつ」

もう一人の小者が、かわされた六尺棒を横殴りにして、檜川を襲った。

「ふん」

腰を地面につけるほど落とし、檜川がかわした。

「なにをしている。攻撃をするな。間合いを保て」

時間稼ぎに徹しろと、中山主膳が怒鳴った。

「ですが、棒を……」

六尺棒を失った小者がうろたえた。

「ええい、もう一組行け」

中山主膳が作戦を崩した。

「…………」

陣形が崩れたところへ、鷹矢が突っこんだ。

「抑えろ」

士分はもういない。小者たちの構える六尺棒と鷹矢は対峙した。

「拙者を御上役人と知ってのうえでの狼藉《ろうぜき》か」

大声で鷹矢が幕府役人に逆らうつもりかと脅した。

「相手になるなよ」

「わかっておるとも」

六尺棒を抱えた小者たちがうなずきあった。

「いくぞ」

「よっしゃ」

「ああ」

鷹矢に向かって、三人の小者が六尺棒を振り回した。

「おわっ」

あわてて鷹矢は後ろへ跳んだ。

六尺棒はその名の通り、六尺（約百八十センチメートル）の間合いを持つ。実際はそこに腕の長さが加わるため、およそ七尺（約二百十センチメートル）に届く。それに対して、太刀の刃渡りは二尺七寸（約八十一センチメートル）ほどしかない。腕をいれても六尺棒の半分ていどしかなかった。

「囲め、三方から囲んで、殴りつけろ」

小者たちが鷹矢を取り囲もうと散った。

「させるか」

そうなれば数で劣り、地の利もない鷹矢に勝ち目はなくなる。

鷹矢は動かずに正面で立ちはだかっている小者へ突撃した。

「ひゃっ」

長い得物《えもの》を持っているとはいえ、喧嘩さえしたことのない小者である。鷹矢の気迫に圧倒されて、棒を振るう機を失った。

「謀叛人《むほんにん》どもが」

鷹矢が太刀を小者へぶつけた。

「ぎゃああ」

力任せの一撃は、小者の左肩に食いこんだ。

「き、斬られたああ」

激痛に小者が泣き言を漏らした。

「あっ」

「へっ」

囲もうと動いた小者が二人、予想していない事態に啞然となった。

「馬鹿者、逃がすな。禁裏付を殺せ。お前たちも行け」

中山主膳が土岐に備えていた三人の小者に命じた。

「はい」

「承知を」

一人遅れた土岐を待っていた小者が鷹矢へと矛先《ほこさき》を変えた。

「させまっかいな」

土岐が手に持っていた石を投げた。

「うわっ」

一つめは小者をかすめて外れた。

「痛っ」

二つめが小者の肩に当たった。

「ほい、意外といけるもんや」

土岐が笑った。

「この爺」

残った一人が怒りの余り、指示を忘れて土岐に棒で殴りかかった。

「……そんなへっぴり腰で当たるかいな」

土岐がかわしたうえで、嘲笑した。

「この……」

小者が真っ赤になった。

「くたばれ」

棒を大きく上から下へと振り落とし、土岐を叩き伏せようとした。

「黙って叩かれてやる義理はないわ」

土岐が身をよじって逃げた。

「逃げるな」

小者が土岐を追った。

「二人外すのが精一杯や、勘弁やで、典膳正はん」

土岐が申しわけなさそうに呟いた。

「……むう」

一人を倒したことで、より一層の警戒を生んでしまった鷹矢は、身動きが取れなくなっていた。相変わらず相手をしているのは、土岐のおかげで三人だが、その三人は仲間を斬った鷹矢を遠巻きにして、棒を突き出すだけで動きを見せなくなっていた。

戦いになれていない鷹矢は、油断なく構える三人に手出しできず、どこから攻撃が来るかを気にするしかできなくなっていた。

「……檜川もまだか」

剣術に長《た》けた檜川でも、棒の相手は面倒らしく、まだ一人の棒を斬っただけで、対峙を続けていた。

「もう少し、まじめに剣術を学んでいればよかった」

名門旗本の跡取りとして、屋敷まで剣術の師匠を招き、教えてもらってはいたが、すでに武の世ではなく学問の時代となっていたため、さほど熱心に稽古をしていない。まさか、これほど命を懸けた戦いを経験することになるとは考えてもいなかった。

「だが、条件は同じはずだ」

この泰平の世、檜川のように剣術へ生涯を捧げる者はそうはいなかった。ましてや小者である。せいぜい棒を振り回すくらいしかしていないはずであった。

「数で負けているならば、気迫だけは負けぬようにせねば」

鷹矢は太刀を握り直した。

「情けない、まだ一人として仕留められていないのか」

状況を見守っていた中山主膳がぼやいた。

「このままでは、どうにもならぬ」

中山主膳が表情を引き締めた。

「沢野、行け」

茶店の陰に潜んでいる沢野に、中山主膳が出撃の合図を送った。

「おおっ」

仕官できるかどうかがかかっている。

沢野が太刀を抜くなり、鷹矢へ目がけて走り出した。

「……なんだ」

沢野の気合いを聞いた鷹矢が、左手へと顔を向けた。

「顔は暗くてよくわからぬが、風体はあのとき逃げ出した浪人か」

鷹矢が顔色を変えた。

「死ねえ」

沢野が太刀を身体の前で固定して、槍のように突き出しながら駆け寄ってくる。

「……くそっ」

焦って逃げ道を探そうとするが、三方を棒に押さえられていて、どこにも行けない。

「これで仕官だあ」

沢野が大きく口を開けて、鷹矢へ斬りかかった。

「殿……どけっ」

檜川が目の前に突き出た棒を太刀で振り払った。太刀の腹を棒に当てては、折れてしまうときもある。だが、そんなことを気にしている場合ではなかった。

「わっ」

不意に棒先を叩かれた小者が、体勢を崩した。その隙を檜川は見逃さなかった。

「やあぁ」

大きく飛びこみながら、体勢を崩した小者の首に太刀を当てて、刎《は》ねた。

「……がはっ」

首の血脈をやられた小者が、大きく血を噴きながら倒れた。

「わっ」

「ひえぇ」

檜川を押さえていた家臣と小者の二人が、その凄惨さに腰を抜かした。

「間に合えっ」

大きく開いた空間を檜川が走り抜けた。

「あかん、間に合わん」

一人の小者をからかうように翻弄していた土岐が、その状況に唇の端を嚙んだ。すでに沢野は鷹矢へ一間（約一・八メートル）を切っており、三間以上遠い檜川は届かない。

「……もらったあ」

十分な間合いに踏みこんだ沢野が太刀を振り落とした。

「なんの」

来るとわかっていたら受けることくらいはできる。鷹矢は初撃をなんとか受けた。が、渾身の力をこめた沢野の一撃に、耐えきれず太刀を落とした。

「しまった」

「よしっ」

「…………」

鷹矢が蒼白になり、中山主膳が腰を浮かせた。

勝ち誇った沢野が追撃の太刀を繰り出そうとして、固まった。

「どうした、なぜ殺さぬ」

中山主膳が唖然とした。

「どけっ」

檜川が棒立ちになっている沢野を体当たりで弾き飛ばした。

「…………」

声もなく、沢野が吹き飛ばされた。

「なんだ」

死を覚悟した鷹矢もなにがどうなったか、わからなかった。

「こいつらあ」

主君を死なせかかった檜川が、激した。

やはりなにがあったかわからず、呆然としている小者たちを檜川が勢いに任せて斬り伏せた。

「ぎゃああ」

「ひくっ」

たちまち小者三人が斬られて絶叫した。

「なにが、なにがあった」

勝利を確信していた中山主膳が恐慌に陥った。

「……動くな」

中山主膳の首に後ろから出た太刀が沿った。

「ひっ、誰だ」

冷たい刃の感触に、中山主膳が身を縮めた。

「配下たちを止めろ」

冷たい声が中山主膳に命令した。

「だ、誰だ」

中山主膳が震えながら誰何《すいか》した。

「誰でもいい。きさまが知る意味はない」

刃が少し動き、中山主膳の首を薄く切った。

「わ、わ、待ってくれ。わかった。皆、止めよ」

中山主膳が、やけになったのか大声を出した。

「なんだ」

「どうした」

「やれやれでんな」

鷹矢と檜川、土岐が驚いた。

「腰のものを預かるぞ」

「その声は……」

中山主膳の背後から聞こえた声に、鷹矢が驚いた。

「東城どの、襲われすぎだ」

中山主膳の腰から両刀を外し、遠くへ投げ捨てた津川一旗が姿を現した。

「……わかっているが、こちらから求めたものではないぞ」

あきれた津川一旗に鷹矢が反論した。

「それはそうだな。貴殿は剣が不得手だからな」

津川一旗が含み笑いをした。

「さて、こいつらをどうする。捕まえて所司代に突き出すか」

逢坂の関は町奉行所の管轄から外れている。

「なっ。そんなことをされては……」

己たちが捕まるとは思っていなかったのだろう。中山主膳が顔色を変えた。

「主家が傷つく……あたりまえのことだ。それをわかっていてやったのだろう。まさか、気付いていなかったとか、見逃してもらえるとか思っていたわけではなかろう」

冷たく津川一旗が告げた。

「それは……」

中山主膳が詰まった。

「東城どの、この件について任せていただいてよろしいな」

「……結構でござる。助けていただいた代金といたしましょう」

津川一旗がなにを考えているか、鷹矢にはわかっていた。幕閣での影響力を大きくしたい松平定信へ水戸の手出しを報せ、御三家の一つを味方に取りこむ要因にしようとしているのだ。その代わり、これ以上の恩は返さないぞと鷹矢は告げた。

「……ふうん。少しは成長なされたようだ」

鷹矢の言葉に津川一旗が感心した。

「……………」

子供扱いされたに等しい、鷹矢は不満げに黙った。

「では、お帰りあれ。こやつらの後始末は、拙者がいたしておこう」

津川一旗がさっさと京へ戻れと手を振った。

「承知した。帰るぞ」

「はっ」

「はいな」

鷹矢の指示に、檜川と土岐が首肯した。

「そこな老人だけ、お待ちいただこう」

「わたいでっか」

土岐が怪訝な顔をした。

「さよう。少しお話をさせていただきたい」

「今やなければあきまへんか。わたいも疲れてますねん。明日も早いし」

土岐が渋った。

「今、お願いしたい」

津川一旗が要求した。

「典膳正はん、なんとか言うておくれやすな。こんな年寄りに、まだ無理させるつもりでっか」

「年寄りと言いながら、結構動いていたようだが……」

救いを求めた土岐に、鷹矢は反論した。

「年寄りかて、殺されそうになれば、必死で逃げまっせ。わたいはまだ死ぬ気はおまへん」

土岐が首を横に振った。

「それもそうだな。火事場の馬鹿力というのもある。いかがであろうか、数日後に禁裏付役屋敷で、あらためてといたしては」

土岐に親しみを感じている鷹矢は、津川一旗に提案した。

「さらにこれだけの連中を見張りながら、話をするというのも難しいであろう」

かなり減ったとはいえ、中山主膳の手の者はまだ残っている。剣の腕では勝負にならないが、何人かが命を懸ければ、中山主膳を逃がすくらいはできる。

「……たしかに」

中山主膳を逃がしては元も子もない。津川一旗が鷹矢の提案を受け入れた。

「では、三日後でよろしいか」

鷹矢が土岐と津川一旗を見た。

「よろしかろう」

「面倒でっけど、しゃあおまへんな」

津川一旗が認め、土岐が嫌々ながら承諾した。

「では、後をお願いする」

鷹矢は津川一旗へ別れを告げた。

「ああ、一つ忘れていた。女中どのに礼を言われておかれよ。拙者がここに来れたのは、お女中の報せがあったからでござる」

津川一旗が、温子の功績を伝えた。

「女中……」

「名前は存ぜぬが、役屋敷で見たことがござった」

首をかしげた鷹矢に津川一旗が述べた。

「わかりましてござる」

鷹矢が背を向けた。

四

すでに戦意を失っている中山主膳らに津川一旗が話しかけた。

「水戸家京屋敷用人の中山主膳だな。ああ、今更無駄な否定をするな。偽りを一度でも口にすれば、所司代へ話を持っていく」

「……うっ」

津川一旗の宣言に、中山主膳が俯いた。

「ついでに申しておくが、吾は剣術を得手としている。うろんなまねをするなよ。遠慮なく斬るぞ」

注意を与えながら、血に沈んでいる沢野を指さした。

「……ひっ」

生き残った小者が震えあがった。

「さて、こいつを残して、お前たちは帰れ」

家臣一人と小者たちに、津川一旗が命じた。

「しかし……」

主君を置いて逃げるのはつごうが悪い。家臣が中山主膳を気にした。

「忠義なことだが、それを許すつもりはない。残るというなら、首にしてくれる」

津川一旗が太刀を家臣へ向けた。

「わ、わかりましてございまする」

家臣が血の気を失った顔で、背を向けた。

「………」

中山主膳が不満そうな目で家臣を睨んだ。

「さっさと行け。三つ数えるまでに消えねば……一つ、二つ……」

「ひゃあ」

小者たちが悲鳴をあげて走り去った。

「さて、これでよかろう。やっと話ができるな」

津川一旗が、中山主膳の前に立った。

「なにも言わぬぞ」

せめてもの矜持《きょうじ》と中山主膳が横を向いた。

「誰に頼まれた」

「…………」

無視して問うた津川一旗に、中山主膳は答えなかった。

「主家がまずいことになるぞ」

「どうしてだ」

言われた中山主膳が首をかしげた。

「お前たちが襲ったのは禁裏付だ。幕府役人を水戸の家臣が討ち果たそうとした。このことを江戸に報せればどうなる。当主どのは知らなかったで通るか」

「殿には関係ない」

中山主膳が必死で否定した。

「それを決めるのは、お前ではない。老中首座、松平越中守さまだ。松平越中守さまはお厳しいお方だ。禁裏付たる禁裏付を、二代目から勤王の家柄と言い放っている水戸家の者が襲ったのだぞ。徳川幕府の権威を落とし、朝廷の復権を企んだとして、謀叛を疑われてもしかたあるまい」

「謀叛……そんなことは」

さっと中山主膳の表情が変わった。

「我が水戸家は、徳川の一門であり、本家が栄えてこそ、枝葉も繁と……」

「黙れ、愚か者」

滔々《とうとう》と言いわけを始めた中山主膳を津川一旗が一蹴した。

「お、愚か者……失礼にもほどがある」

中山主膳が真っ赤になって憤慨した。

「愚か者以外のなんだというのだ。水戸が謀叛を企んだかどうかは、おまえが決めることではない。決めるのは越中守さまで、認めるのは上様だ」

「……な、なっ」

陸に揚げられた鯉のように、中山主膳が口を開け閉めした。

「そうだろう。豊臣《とよとみ》家を思い出せ。豊臣秀頼《ひでより》が徳川に叛旗を翻《ひるがえ》したかどうかなど、どうでもよかったのだ。徳川にとって豊臣が邪魔だった。それだけで豊臣は滅ぼされる。徳川の一門、そのようなものは関係はない。神君家康さまの六男忠輝《ただてる》さまを見ろ。謀叛の罪を二代将軍秀忠《ひでただ》さまから言われ、藩は潰され、流罪となった」

津川一旗が中山主膳の襟を摑んだ。

「わかったか、謀叛かどうかを決めるのは幕府だということを」

「……そんな、そんな。では、水戸は儂のせいで潰されると……」

中山主膳が泣き出した。

「浅はかな奴め。どうせ、公家辺りに踊らされたのだろうが」

「…………」

哀れむ津川一旗に、中山主膳が泣き濡れた。

「なんとか、なんとか、頼み入る。謀叛だけはお避けいただきたい」

ようやく落ち着いた中山主膳が、津川一旗に頼みこんだ。

「申したであろう、それをお決めになるのは越中守さまだと」

「越中守さまに、お願いをいたしてくだされ」

もう一度繰り返した津川一旗に、中山主膳がすがりついた。

「そこをなんとか……」

「一筆書け」

津川一旗が中山主膳に告げた。

「なにを……」

「経緯のすべてをだ」

問いかけた中山主膳に、津川一旗が言った。

「そんなことをすれば……吾が身は破滅だ」

「家より、吾が身が大事か」

証拠を残すようなまねをするわけにはいかぬと拒否した中山主膳を津川一旗が嘲笑した。

「…………」

中山主膳が沈黙した。

「書かぬならば、儂はそのままを越中守さまへお伝えするだけじゃ。東城どのの証言もある。そうなれば、水戸をどうこうするなど簡単なこと」

感情のない声で津川一旗が宣した。

「あああああ」

中山主膳が崩れた。

「それを防ぐには、越中守さまのお情けにすがるしかない。しかし、隠しごとをしていては、信用してもらえまい。すべてを明かしてこそ、越中守さまのお心にも響くというもの」

津川一旗が柔らかい声でささやいた。

「お情けにすがるには、包み隠さず……」

「そうだ。すべてを記した書状を出せば、それをお読みになった越中守さまがどうなさると思う。書状では足りぬところを問いたいと思われるであろう。そのときに説明できるのは、そなたしかおらぬ」

「儂しかいない……」

中山主膳が顔をあげた。

「そうだ。越中守さまからの問い合わせに答えられる者は、そなただけ」

「では、腹を切るなど……」

「してはならぬ。たとえ水戸家の主命であろうとも、そなたがいなくなるのはよろしくなかろう。つごうの悪いことをしゃべられてはまずいと、水戸家が糊塗《こと》を企んだと考えられるからな。もし、そうなれば、越中守さまは苛烈な報復に出られるだろう。それこそ、謀叛だと水戸家を糾弾なさろう。そして上様もそれをお認めになる」

「上様が……それはない」

将軍が御三家の取り潰しを認めると言った津川一旗に、中山主膳がそのようなことはないと否定した。

「ないと断言できるか。上様は御三卿、一橋《ひとつばし》家の出であらせられる。そう、将軍家にはすでに御三卿があり、御三家から血を戻さずともよくなっている」

「御三家が不要……」

もともと徳川本家に人がいなくなったとき、家康の血を絶やさないために設けられたのが御三家である。その御三家の役目は、御三卿が引き受けているとあれば、話は大きく変わってくる。

御三家を格別な家柄だとして、遇する意味がなくなるのだ。

「そうだ。今や御三家の尾張、紀伊《きい》、水戸のどれも、凡百《ぼんぴゃく》の譜代大名と同じでしかなくなっている」

津川一旗が断言した。

「神君家康さまのご遺言をないがしろにすると」

「ないがしろにはせぬ。ただ、出番はなくなったのだ。考えてもみよ、御三家は遠く初代家康さまのおりに、将軍家から分かれた家。それに比して御三卿は、八代将軍吉《よし》宗《むね》公、九代将軍家重《いえしげ》公のときに創設された家。どちらが、将軍により近いかなど、言うまでもなかろう」

「我ら御三家は家康さま以来の血筋でござるぞ」

「それを言うなら、天下に家康公の血を引く大名は幾つもあるぞ。越前の松平家を筆頭に、加賀《かが》の前田《まえだ》、備前《びぜん》の池田《いけだ》とな」

格別な血筋だと言い張る中山主膳に、津川一旗が現実を突きつけた。

「……………」

中山主膳が言葉を失った。

「わかったであろう。御三家など、今や幕府にとってどうでもいいのだ」

愕然《がくぜん》とした中山主膳に、津川一旗が止めを刺した。

「その水戸家を救うためじゃ。すべてを語れ」

「……はい」

心を折られた中山主膳が、津川一旗の言葉に従うのに、ときは要らなかった。

逢坂の関から百万遍まで、急げば一刻（約二時間）ほどで行ける。

深更《しんこう》を過ぎる前に、鷹矢たちは禁裏付役屋敷へ着いた。

「泊まっていけ。晩飯を今から作るのは面倒だろう」

鷹矢が土岐を誘った。

「助かりますわ。一人暮らしだと、火を熾《おこ》すところから始めなあかんよって、疲れているときは、もうええかになりますし」

土岐が喜んだ。

「お帰りである」

檜川の声を待っていたかのように門が開いた。

「ご無事で……」

門が開いた途端に、弓江《ゆみえ》が飛び出してきた。弓江は若年寄安藤対馬守《わかどしよりあんどうつしまのかみ》の留守居役布施孫左衛門《ふせまござえもん》の娘で、鷹矢の許嫁《いいなずけ》になるべく送りこまれていた。

さすがに武家の娘だけに、抱きつくようなまねはしなかったが、しっかりと握りしめられた拳が白くなっていることからも、真剣に心配していたと見て取れた。

「ああ。この通り怪我一つしておらぬ」

鷹矢もあらためて無事に帰還できたと、ほっと安堵の息を吐いた。

「だが、なぜ知っている」

「……あちらを」

どうして危難を知っているのかと不思議に思った鷹矢に、弓江が門のなかを見るように振り向いた。

「……あれは南條どの。そうか、津川どのの言われた女中とは、南條どののことであったか」

鷹矢がすぐに理解した。

「二条さまだな。今回の裏は」

温子がいるということで、鷹矢は背後に二条家があると見抜いた。

「詳細は本人からお訊きくださいませ。お入りを」

門のところでする話ではないと、弓江が鷹矢を誘った。

「そうしよう。ああ、土岐どのが泊まられる。夕餉《ゆうげ》と寝床の用意も頼む」

「承知いたしましてございまする」

鷹矢の求めに、弓江が応じた。

「……お帰りなさいませ」

玄関で待っていた温子が手を突いた。

「戻った。着替えを手伝ってくれ」

「はい」

鷹矢の言葉に、温子が跳ねるように面《おもて》をあげてうなずいた。

第三章　女の想い

一

疲れ果てていた鷹矢と土岐は、ものも言わず夕餉を食べると、風呂も入らず横になった。

「典膳正はん、典膳正はん」

寝たと思ったら、すぐに鷹矢は土岐に揺すり起こされた。

「なんだ、話なら明日でよかろう」

鷹矢は起きるのを拒んだ。

「もう、明日でっせ」

土岐があきれた。

「なんだと」

目を開けた鷹矢は、部屋が薄暗いのに気付いた。

「まだ夜が明けてはおらぬではないか」

「もう明けまっさ。そろそろ明け六つ（午前六時ごろ）になりま」

文句を言う鷹矢に、土岐が教えた。

「そんなに寝ていたのか」

鷹矢が驚いた。

「もう少し寝させてあげたかったんですけどな、わたいはもう出かけなあきまへん。当番の仕丁は、明け六つまでに御所へ着いてなあかんので」

土岐が詫びた。

「いや」

夜具を鷹矢は撥《は》ね除《の》けて、身を起こした。

「典膳正はん、南條の姫をどないしはります」

用件を土岐が口にした。

「………」

土岐の一言で鷹矢の眠気が吹き飛んだ。

「二条が黙ってはいないか」

「黙ってますやろ、二条はんは。騒ぎたてたら、水戸の後ろにいたのは己やと表明するも同然ですからな。表向きは知らん顔しはる」

「裏で動くと」

「………」

確かめるように言った鷹矢に、土岐が無言でうなずいた。

「まず、裏切った姫はんへの報復ですやろな。引きあげていた実家を閑職へ落とす」

土岐はしっかりと温子の実家のことを調べていた。

「なるほどな。裏切りは許さないとの見せしめか」

「腹いせもおますやろう。女に裏切られるなんぞ、恥でっさかいな」

「誰への恥だ、吾は触れて歩くようなまねをせんぞ」

鷹矢が首をかしげた。

「他の摂家衆ですわ。不思議そうな顔しなはんな。そんなもん、姫はんを禁裏付役屋敷に入れたときから、近衛はんも一条はんも、二条はんの思惑を見抜いてはりますわ」

「来たときから……」

あっさりと告げた土岐に、鷹矢が驚いた。

「なに言うてはりまんねん。禁裏付は禁裏目付でっせ。どんなお方が新しく来たかは、公家にとって大きなこと。ずっと見張られてまっせ」

「見張り……気付かなかった」

土岐に言われた鷹矢が嘆息した。

「まさかと思いまっけど、表で屋敷を一日見張っていると考えて……」

「それ以外になにがあるのだ」

窺うような土岐に、鷹矢は怪訝な顔をした。

「……そうでしたなあ。こういうお人でしたわ」

盛大に土岐がため息を吐いた。

「なにを言っている」

鷹矢が首をかしげた。

「越中守はんは、なにを考えて典膳正はんを京へ送りはったんやろ。あらためて考えてしまいますわ」

「無礼なことを考えているな」

あきれた土岐に、鷹矢が憮然とした。

「すんまへんな。ちいと頭が痛《いと》うなりましてん」

土岐が頭を下げた。

「見張りは外だけやおへん」

「外だけではない……まさか」

そこまで言われてわからないほど、鷹矢は愚かではなかった。

「はいな。禁裏付役屋敷のなか、禁裏付同心のなかに、公家衆に飼われてるお方がいてまんねん」

土岐が首肯した。

独特の習慣やしきたりの多い京で役目を果たさねばならない禁裏付同心は世襲制に近く、代々京に住んでいる。当然、公家衆や商家とのつきあいもできる。

また、役屋敷には禁裏付として赴任してきた旗本の家臣、小者以外で、屋敷の維持管理をおこなう者がいた。こちらもほぼ世襲であった。

「むうう。越中守さまにお報せして、早急に人の入れ替えを……」

「止めときなはれ。そんなこと、端からおわかりでっせ」

進言しなければと言った鷹矢を土岐が制した。

「いてるとわかれば、それに応じた対応ができますやろ。入れ替えたら、当座はよろしいやろうが、いつかは同じことになりまんねん。新たに腐るものを用意するのは、無駄でっせ」

土岐が鷹矢をなだめた。

「そういうものか」

鷹矢が納得いかない顔をした。

「そっちは今度でよろし。問題は姫はんでっせ」

「そうであった」

鷹矢も表情を引き締めた。

「姫はんの身体は禁裏付で預かれば、さすがに手出しはしてきまへんやろ。でも実家を押さえられたら、姫はんにはきつい」

「ああ。親に迷惑がかかるとなれば、女の身には辛かろう」

土岐の言葉に鷹矢も同意した。

「ほな、わたいはこれで」

「えっ」

不意に立ちあがった土岐に、鷹矢が唖然とした。

「わたいは出仕の刻限でんねん」

「それはわかるが……」

もう少し助言ぐらいしてくれてもといった思いで、鷹矢が土岐を見上げた。

「女の想いに応えるのが男ですやろ」

土岐が笑った。

「想い……」

「今更、知らん顔はしなはんなや。そんな男やったら、わたいもお付き合いは遠慮しまっせ」

呟いた鷹矢に土岐が表情を厳しくした。

「わかっているんですやろ。姫はんの気持ち。そして、昨日迎えてくれた女《おなご》はんの心」

「…………」

確かめる土岐に、鷹矢は黙った。

「吾が身を省みずの献身に報いる。男の価値がここで決まりますで」

それだけ言い残して、土岐は出ていった。

「……想い」

一人になった鷹矢は、唇を噛みしめた。

中山主膳の失敗は、二条家へ報されることはなかった。

先に解放された中山主膳の家臣、小者は水戸家の屋敷に逃げこむようにして入り、主の帰りを待つしかなかったし、中山主膳も津川一旗に釘を刺されているのだ。二条家へ足を運ぶはずはなかった。

「楽しみやな」

牛車《ぎっしゃ》に乗り込みながら、二条大納言が側で控える松波雅楽頭へ笑いかけた。

「さようでございますな」

松波雅楽頭も同意した。

「死んでいたら一番ええけど、怪我でもええわ。御所へ出仕でけなんだら、禁裏付の役目を果たしているとは言われへんからの。武家伝奏あたりから、所司代へ苦情を言わせれば、交代じゃ」

「御簾《みす》を下ろし」

うれしそうな二条大納言が牛車のなかで座を決めるのを見た松波雅楽頭が、雑司に指示を出した。

「お出かけや」

「へい」

牛車がゆっくりと動き出した。

「…………」

二条家の家宰でもある松波雅楽頭は、主の供をせず、屋敷に残る。

「主膳め、報告もしにけえへん」

主を見送った松波雅楽頭が文句を言った。

「こっちから問い合わせるのもなあ。よほどこちらが禁裏付を怖がっていると知られるわけにはいかんし……」

公家は弱みを見せてはいけない。すでに禁裏付を襲えと命じた時点で、弱みを見せているのだ。それをさらに濃くするわけにはいかなかった。

「まあ、御所はんが禁裏へ着かはったら、知れることやし」

松波雅楽頭が我慢をした。

「そういえば、今朝は南條の娘を見んなあ」

ふと松波雅楽頭は気になった。

雑司女の代わりに置いている温子は、毎朝、松波雅楽頭のもとへ挨拶に来ていた。

それが今日に限ってなかった。

「おい、誰ぞ」

松波雅楽頭が手を叩いた。

「へい」

雑司の一人が駆け寄って来た。

「南條の娘はどこや」

「探して参ります」

問われた雑司が小走りに去って行った。

「雅楽頭さま」

別の雑司が松波雅楽頭に呼びかけた。

「なんや」

「宇津《うつ》屋の番頭が、参っております」

「ほうか。通し」

出入りの商人が面会を求めたのを松波雅楽頭が認めた。

「へい」

雑司と入れ替わりに商人が顔を出した。

「雅楽頭さま、おはようございまする」

「早いな、宇津屋。今日は反物《たんもの》か」

商いの話に入った松波雅楽頭は、温子のことを頭の隅へと追いやった。

「ほな、よろしゅうに」

五摂家ともなると、その名前を利用したい商人が引きも切らない。朝の内の来客が一段落するのに、一刻（約二時間）かかった。

「ふうう。疲れたわ。白湯《さゆ》淹れてんか」

松波雅楽頭が、側で筆記役を務めていた雑司に命じた。

「へい」

言われた雑司が、台所へ白湯をもらいに行った。

「雅楽頭さま」

廊下にずっと控えていた雑司が、ようやく松波雅楽頭へ声をかけた。

「なんや、ああ、朝、用を頼んでいたな。で、南條の娘はどこにおる」

「それがおりまへん」

問われた雑司が首を横に振った。

「どっかに使いにでも出たんか」

「誰も頼んでおりまへん」

「……なんやと」

松波雅楽頭の声が低くなった。

「南條の家へ人をやれ。帰っているかどうかを、訊いてこい」

「ただちに」

大声を出した松波雅楽頭に、雑司があわてて動いた。

「まさか……」

松波雅楽頭が、親指の爪を噛んだ。

御所に近い二条家と違い、身分の低い南條家の屋敷は、洛中でもはずれにある。それでも走って往復すれば、さほどの手間ではない。

「……お帰りやおまへん」

走りづめだった雑司が、荒い息のもと報告をした。

「出かける」

松波雅楽頭の顔色は悪かった。

二

昇殿した公家は御所の東にある公家部屋に詰める。公家部屋は身分に応じ、虎の間、鶴の間、櫻の間の三つに分かれ、五摂家は虎の間に席を持っていた。

「広橋、こちらへ」

虎の間へ入った二条大納言は、しばし、他の摂家衆と歓談して日常を装った後、腰をあげて武家伝奏広橋中納言を笏《しゃく》で招いた。

「なんでごじゃりましょう」

広橋中納言が二条大納言の側へ来た。

同じ納言官職だが、家柄が違う。広橋家で中納言はほとんどあがりに近い役目だが、摂関家で大納言は出だしに近い。

広橋中納言が卑屈な態度を取るのは当然であった。

「廊下へ出よ」

他人の耳があるところで話をする気はないと二条大納言が、虎の間の襖《ふすま》を開けた。

「…………」

いかに平静を装おうとも、他人目《ひとめ》を気にしては無意味である。虎の間に残っていた摂家衆、名家、清華などの高級公家たちがしっかりと二条大納言の言動に耳をそばだてていた。

「……御用は」

広橋中納言が、居心地の悪さを隠しながら、二条大納言の後に続いた。

「禁裏付は出てきておるかの」

「……出てきておりますが」

二条大納言の問いに広橋中納言が答えた。

「典膳正だぞ」

「はい。典膳正も伊勢守《いせのかみ》もどちらも定刻どおりに御所へ出仕いたしておりまする」

念を押す二条大納言に、広橋中納言が怪訝な顔をした。

「怪我などしているようすは」

「まったく」

さらなる問いに広橋中納言が首を横に振った。

「…………」

二条大納言が苦い顔をした。

「どうかなさりましたので」

広橋中納言が尋ねた。

「……なんでもない。ご苦労やったな」

二条大納言が手を振って、虎の間へと戻っていった。

「なんなんやろ」

残された広橋中納言が首をかしげた。

「中納言」

「これは左大臣」

二条大納言と入れ替わりに一条左大臣が虎の間を出てきた。

「ちいと訊きたいんやがな」

一条左大臣が声を潜めた。

「なんでしょう。麿にわかることなら」

左大臣といえば、朝廷でもかなりの実力者になる。広橋中納言が緊張した。

「二条どのが、何用やった」

一条左大臣が質問した。

「大納言さまの御用でおじゃりますか」

広橋中納言が警戒した。

武家伝奏といえども、公家である。二条大納言のことを一条左大臣が気にする。そこになにかがあると考えるのは当然であった。

「そうや。なにを訊いた」

「大したことではございません。禁裏付はんの出仕についてでおじゃりました」

もう一度訊いた一条左大臣に、広橋中納言が応じた。

「禁裏付の……で、そちはなんて答えやった」

一条左大臣がさらに尋ねた。

「二人ともつつがなく出仕してございまするとお伝え申しましておじゃりまする」

「大納言の答えは」

「さようかと」

「それだけか」

広橋中納言の答えに、一条左大臣が不満そうな顔をした。

「それだけでございまする」

嘘ではない。突き詰めていけば、二条大納言の質問の趣旨は、禁裏付が出てきているかどうかというものである。

「広橋中納言、麿に力を貸さぬかえ」

一条左大臣が声を低くした。

「さ、左大臣さまに……」

広橋中納言が息を呑んだ。

「大臣《おとど》まであげてやるとは言えへん。大納言までなら手伝《てつど》うてやれる」

「ごくっ」

広橋中納言が息を呑んだ。

武家伝奏を家業としている広橋家は、藤原北家日野流《ふじわらほっけひの》で古くは勘解由小路《かげゆこうじ》と称した。名家の格を有し、その極官は大納言であった。

極官は、そこまで過去にあがった者がいるという前例のようなものである。従って、誰もがそこまで出世できるとは限らない。それこそ、極官にはほど遠いところで足踏みをする者もいる。いや、そちらの方が多い。名家は三十ほどあり、そのほとんどが大納言を極官としている。だが、大納言になれる者は同時に数名なのだ。当然、あぶれる者が出てくる。

極官まで行くには、家柄だけでは足りず、有力な引きが要った。

「なにをすれば……」

広橋中納言が問うた。

「たいしたことやあらへん。二条がなにをしているのかとか、禁裏付がどんなことを考えているかを教えてくれるだけでええ」

一条左大臣の要求は軽いものであった。

「それでよろしいんので」

「うむ」

確認した広橋中納言に、一条左大臣が首肯した。

「どうや、悪い話やなかろう」

一条左大臣がもう一度誘った。

「よしなにお願いをいたしまする」

広橋中納言が頭を下げた。

「二条が気にしてるのはどっちや」

「典膳正でおじゃります る」

あっさりと広橋中納言が告げた。

「二条と典膳正は繋《つな》がってたんと違うんか」

一条左大臣が首をかしげた。

「たしか、女を一人世話したはずやで」

「送り返されたと聞いております」

「……送り返された。なんぞしでかしたんやな。それはわかってるか」

「いえ」

詳細を尋ねられた広橋中納言が首を横に振った。

「それを調べ」

「…………」

命令に広橋中納言が無言で首を縦に振った。

「言わんでもわかってるやろうけど、うかつに屋敷へ来いなや。そちとの繋がりを知られるのはよろしゅうないでな」

「では、お話はどこで」

釘を刺した一条左大臣に広橋中納言が質問した。

「この廊下でええやろ。報告は笏に書いとき、交換するよってな」

一条左大臣が報告は笏の交換でおこなうと指図した。

「頼んだで」

「お任せくださいませ」

背を向けた一条左大臣に、広橋中納言が腰を折った。

「ちと機を見なあかんな」

一条左大臣に続いて虎の間へ戻るわけにはいかない。あまりに露骨で、二条大納言に懸念を抱かすことになる。

「禁裏付を見てくるか」

広橋中納言は廊下を西へと渡った。


禁裏付は一人が御所に入って左にある日記部屋、もう一人が奥にある武家伺候《しこう》の間に詰める。武家伺候の間に詰める者は公家たちから幕府への連絡などを受け、日記部屋に詰める者は、御所の内政ともいうべき日常の買いものなどの口向《くちむき》を監察した。

この二つを二人の禁裏付が月ごとに交代する。

今月は、鷹矢が日記部屋、先達の黒田《くろだ》伊勢守が武家伺候の間の番であった。

「…………」

出仕した鷹矢は、瞑想《めいそう》をするかのように目を閉じていた。

日記部屋の仕事は、一日の勘定を締めた昼過ぎまでなにもない。もっとも公家との折衝がない限りずっと座っているだけの武家伺候の間詰めよりはましだが、それでも手持ち無沙汰であった。

日記部屋には、禁裏付の世話をする仕丁が数名詰めているが、鷹矢に話しかける者はいない。相場より高い値で食材を購入するなど、禁裏の勘定方である口向を利用しての余得を摘発したため、鷹矢は敬遠されたのである。

朝、出仕しているかどうかを武家伝奏である広橋中納言が確認に来た後、昼餉《ひるげ》までの間、鷹矢は誰とも話さず、ときが過ぎるのを待つしかなかった。

「おるか」

日記部屋の襖が開いて、広橋中納言が顔を出した。

「中納言さま、なんぞ御用でも」

控えていた仕丁が慌てて立ちあがった。

禁裏の雑用係である仕丁にとって、文官の最高位に近い中納言は雲の上の人に近い。

「ああ、ええ」

近づこうとした仕丁を、広橋中納言が手で制した。

「武者部屋は空いてるか」

広橋中納言が問うた。

「この刻限やと見廻りに出ているはずで」

仕丁が答えた。

日記部屋と玄関との間に、朝廷警固の武家が詰める武者部屋があった。もっとも武者部屋は、禁裏付武家の控えであり、勤務中は無人であった。

「ほな、使うで。他人を近づけんようにな」

「へい」

広橋中納言の命に、仕丁たちがうなずいた。

「典膳正」

「なにか」

声をかけられた鷹矢が応じた。

禁裏付と武家伝奏ほど奇妙な関係はなかった。

武家伝奏という役目は、朝廷と幕府の間を取り持つもので、朝廷目付たる禁裏付のもとで任を果たす。さらに武家伝奏も禁裏付の監察を受ける。

その一方、禁裏付は従五位下が慣例であり、従三位下の中納言より格下になる。そう、朝廷での席次でいけば、典膳正は中納言のはるか下であった。

役目と身分で立場が逆転するのが、武家伝奏と禁裏付であった。

最初は官位に従って、広橋中納言を敬っていた鷹矢だったが、広橋中納言が二条家の走狗《そうく》だと知って以来、相応な対応に変えていた。

「……生意気な」

冷たい応対に、広橋中納言が歯がみをした。

「御用がないならば、出て行かれよ」

「……話がしたい。こちらへ来い」

あしらう鷹矢に不満げに頬をゆがめたまま、広橋中納言が武者部屋へ誘った。

「こちらにお話しすることはない。御免こうむろう」

鷹矢が拒んだ。

「なんだと……」

断られるとは思っていなかった広橋中納言が怒りで顔を赤くした。

「わかっていないのか、それともとぼけているのか」

「なにをじゃ」

　鷹矢に問いかけられた広橋中納言が問い返した。

「拙者を京から離したのは、おぬしであったな。風光明媚《めいび》、風雅風流の一つも知らねば公家に受け入れられぬぞとな」

たった二人しかいない禁裏付が休みを取るには、それなりの準備が要る。当然、休んだ間の仕事をもう一人に押しつけることになり、借りも作る。

役人にとって貸しは無理にでも作りたいものだが、借りはなんとしてでも避けたいものである。それをあえて作ったのは、広橋中納言の助言を妙手だと鷹矢が考えたからであった。

「……それは」

言われた広橋中納言が詰まった。

「昨日の話を、ここで話そうか」

ちらと仕丁たちを鷹矢が見た。

「それはならぬ」

広橋中納言が顔色を変えた。

仕丁の給金は安い。なにせ禁裏自体が十万石という、ちょっとした大名ていどの石高で運営されているのだ。そして十万石には、朝廷としての政《まつりごと》に祭り、天皇、宮家の生活の費用、公家の家禄、その他寺社や陵墓などのかかりも含まれている。参勤交代をしないだけ、大名よりもましに見えるが、禁裏はどれだけ急迫しても、大名のように家臣を放逐したり、禄を半知借り上げたりすることができないのだ。そうでなくとも産業がなく、消費するしかできない京の物価は高い。禁裏の内証は厳しい。

当然、その禁裏で最下層に近い仕丁や雑司の禄は、ほとんどが五人扶持から十人扶持ていどと少ない。それこそ一家四人食べていくのさえ難しい。

そこで仕丁たちは、禁裏で耳にしたことを売ることで副収入を得ていた。

「今度、誰それはんが、大臣になられるそうで」

こういった噂は、公家だけでなく商家も欲しがる。公家は見栄を張るのも仕事のうちであり、知り合いの慶事には相応のものを出さなければならない。

また、出世した者にすりよって、御所出入りの看板や商品へのお墨付きをもらいたい商人にとって、どれだけ早くそれを知れるかが大きな差になってくる。

同じ系統の商品ならば、最初に声をかけたところに便宜を図り、遅れたところは断るのが慣例なのだ。いかに金が欲しいからといって、やたらお墨付きを出していては値打ちが下がり、欲しがる者がいなくなる。

「ああ、あそこのお墨付きでっかいな。あれは落ち葉みたいなもんで、なんの値打ちもおまへんわ」

出し過ぎて価値を落とせば、商人は見向きもしなくなる。一時は儲けても、その後何代にもわたって、評判が落ちては意味がない。

そこは公家もよくわかっているところだけに、商人たちは先を争っていろいろな情報を手に入れようとする。

これらを仕丁たちはうまく利用していた。

「とにかく、話をしたい。頼むゆえ」

広橋中納言が折れた。

「わかった」

鷹矢が承知した。

仲違《なかたが》いをしているに近いが、相手は中納言という高位の公家で、影響力もある。完全に敵対すると、鷹矢の役目にも差し障りが出てきかねなかった。

「しばし、座を離れる」

「へい」

二人の会話に耳をそばだてていた仕丁が、残念そうな表情でうなずいた。

武者部屋には誰もいなかったが、玄関を警固している者や御所内を巡回している禁裏侍がいつ戻って来てもおかしくはない。

二人は腰を下ろすことなく、向かい合った。

「昨日なにがおじゃった」

無駄な駆け引きなしに、広橋中納言が訊いた。

「教える代わりに、そちらはなにを話してくれるのだ」

交換条件を鷹矢は求めた。

「そんなもん……」

拒もうとしかけた広橋中納言が、鷹矢の顔色を見て最後まで言わなかった。

「……わかった」

短く広橋中納言が首を縦に振った。

「余分な前書きはなしで行かせてもらおう。昨日……」

坂本までの話は飛ばし、そこで浪人三人に襲われたこと、そのあと逢坂の関で待ち伏せを受けたことを鷹矢は話した。もちろん、温子の報せとそれを受けて助太刀に来た津川一旗のことは教えていない。

「よく無事でいれたの。数では負けていたであろうに」

土岐のことも隠している。鷹矢の同行者は家臣の檜川だけとしていたので、広橋中納言が感心した。

「吾が家臣は腕が立つゆえ」

鷹矢は檜川を褒めるに留《とど》めた。

「裏にいるのが誰かはわかっているのだろう」

窺うような目で広橋中納言が鷹矢を見た。

「昨日襲って来た者から聞いた」

誰とは言わず、知っていると鷹矢は認めた。

「それは誰じゃ」

「言わせる気か」

おずおずと問うた広橋中納言に、鷹矢は返した。

「…………」

広橋中納言が黙った。

「知っているはずだ。なにせ中納言どのに、拙者を京から出せと勧めた御仁であるからな」

鷹矢が皮肉げな顔をした。

「襲い来た者が偽りを騙《かた》ったとは思わぬのか」

「無駄な遣り取りはせぬのであろう」

まだ言い逃れようとする広橋中納言に、鷹矢は険しい声を出した。

「…………」

「都合が悪くなれば黙る。公家衆とは、己が誓ったことにも責任を持たぬようだな」

鷹矢が罵《ののし》った。

「そうではない、そうではないが……」

広橋中納言が口ごもった。

「さて、今度はそちらの番だ。なにを教えてくれるのだ。まさか、拙者も知っているお方の名前を出して、それで終わりにするつもりではなかろうな。それは、対価として足りなすぎるぞ」

二条大納言や松波雅楽頭の名前を出しても、それに価値はないと鷹矢は釘を刺した。

「むうう」

うなった広橋中納言が思案に入った。

「……他言はせぬと誓えるだろうの」

しばらくして広橋中納言が鷹矢を見た。

「貴殿はできるのか」

「…………」

鷹矢に切り返された広橋中納言が沈黙した。

「ならば、拙者にだけそれを求めるな」

「では、なにも言わぬだけじゃ」

他言しないと誓わないならば、なにも語らぬと広橋中納言が拒否した。

「そうか。それは残念だ。では、ここまでにいたそう。今後は二度と話をせぬ」

鷹矢が宣した。

「二度と話をせぬだと……」

広橋中納言が驚いた。

「当たり前だろう。見返りのないことをするわけもなし」

「むっ、いたしかたなし」

告げた鷹矢に、広橋中納言が納得した。

「ではの」

広橋中納言が勝ったとばかりに武者部屋を出て行こうとした。

「貴殿もご存じだと思うが……」

その背中に鷹矢が他人行儀な口調で話しかけた。

「うん……」

広橋中納言が足を止め、首だけで振り向いた。

「拙者は老中首座松平越中守さまの走狗でな」

「なにを言い出すのじゃ」

己のことを走狗と卑下した鷹矢に、広橋中納言が怪訝な顔をした。

「走狗は、主にすべてを報告せねばならぬ。斟酌《しんしゃく》するだけの事情があれば、多少のことはするのだがな、貴殿にはそれが不要となった」

「……まさかっ」

広橋中納言が蒼白になった。

「いつまで武家伝奏でおられるかの」

鷹矢が冷たく告げた。

武家伝奏には幕府から、ふさわしいだけの気遣いがされる。広橋家が名家としてはかなり多い八百五十石という石高を誇っているのもその一つである。五摂家でさえ千石から三千石の間なのだ、八百五十石がどれほど多いかは言うまでもない。

それ以外に武家伝奏に就任すると幕府から一年五百俵という手当が出される。もし武家伝奏を辞めさせられると禄はまだしも手当は確実になくなる。五百俵は五百石の手取りに等しい。一年でおよそ二百五十両、それを失うのは、痛かった。

「では、御免。書状を認《したた》めねばなりませぬのでな」

鷹矢が広橋中納言の横をすり抜けた。

「これで禁裏付としての遠慮もせずにすむ」

さらに鷹矢は、広橋中納言を訴追の対象にすると追い討ちをかけた。

「な、なにを」

広橋中納言が絶句した。

禁裏目付である禁裏付だが、朝廷との橋渡しをしてくれている武家伝奏には手出しをしないという慣例があった。明文化されているものではないが代々の慣習であり、それだけ幕府は武家伝奏を特別扱いしてきた。

それを鷹矢は破ると宣したのだ。広橋中納言が驚くのも当然であった。

「そなたわかっておるのか、なにを申しておるのかを」

広橋中納言が鷹矢に詰め寄った。

「敵であろう、貴殿は」

「……敵」

氷のような目で見られた広橋中納言が息を呑んだ。

「先ほども言ったように、拙者は越中守さまの走狗。そのご指示に従うのみ。本日、ご指示を仰ぐ書状を出す。それへの返信が届いたとき、はっきりと拙者は貴殿に敵対いたす」

もう一度、鷹矢が宣言した。

「これ以上、お話しする意味を持たず」

言い捨てて、鷹矢は日記部屋へと戻った。

「ば、馬鹿か、あやつは。禁裏付が武家伝奏を敵呼ばわりするなど……」

広橋中納言が憤った。

「……越中守に報告すると申した」

だが、すぐに震え始めた。

幕政改革を推進する松平定信は、朝廷にも苛烈な要求を突きつけてくる。官位は従四位下侍従兼越中守と公家では下級になるが、幕府の最高権力者であるその力は、五摂家すべてを合わせたよりも強い。

公家のなかでも高位になる名家とはいえ、その一つを潰すくらいは赤子の手をひねるよりも簡単にしてのける。

「幕府に対し、ふさわしからぬ態度である」

その一言で広橋家から武家伝奏を取りあげ、石高を半減するのはまちがいない。

「なんとかせねば……」

広橋中納言の顔色がなくなった。

「今更、典膳正に話を持ちかけても、遅い。いや、報告を止めさせるだけの材料がない」

交渉の材料がないと広橋中納言が焦った。

「どうする……」

広橋中納言が一人で苦悩した。

三

鷹矢が無事に出仕してきていると聞かされた二条大納言は、心中穏やかではなかった。しかし、それを表に出すようでは、とても公家のなかでは生きていけない。凡百な端公家《はくげ》ならばまだしも、二条は五摂家の一つで、摂政、関白、太政大臣という至高の三職に就ける名門中の名門なのだ。

「父の名に恥じぬようにせねばならぬ。即位灌頂《そくいかんじょう》を二条家の家職とせよと桜町帝《さくらまちてい》より預けられた父宗基《むねもと》の名を守るには、麿が関白になるしかない」

二条大納言治孝の父宗基は、九条家から婿養子に入ったが、桜町帝の信が厚く、その折の引き出物代わりに即位灌頂を二条家でおこなうようにとの勅意を受けていた。

しかし、それほどの寵愛を受けていた宗基は、内大臣、右大臣と出世を重ねたが、二十八歳の若さで薨去《こうきょ》してしまった。

当主が若くして死去したことで、二条大納言治孝は幼くして相続、叙位したが、他の五摂家に後れを取るはめになっていた。

「なにか言われておじゃるか、大納言どのよ」

二条大納言の独り言を一条左大臣が聞き咎めた。

「なんでもおじゃらぬ」

笏を小さく振って、二条大納言が大したことではないと否定した。

「ならばよろしかろうよ」

一条左大臣がそれ以上の追及をやめた。

「…………」

二条大納言もさざめく心をなんとか抑えこんだ。

そのころ松波雅楽頭は、水戸家京屋敷を訪れていた。

「中山主膳に会いたい」

松波雅楽頭が門番に要求した。

「しばし、お待ちを」

藩主一門でもある二条家の家宰の顔を門番は承知している。急いで、一人が御殿へと走った。とはいえ、屋敷の責任者である用人の許可なく、門のなかへ通すわけにはいかない。松波雅楽頭とはいえ、水戸家への無礼はできないのだ。松波雅楽頭は表で待つしかなかった。

「……お待たせをいたしましてございまする」

少しして門番が戻ってきた。

「いつもの座敷でええな」

松波雅楽頭が門を潜ろうとした。

「それが、用人は留守をいたしておりまする」

「……なんやと」

門番に言われた松波雅楽頭が、一瞬啞然とした。

「どういうことや」

松波雅楽頭が門番を詰問した。

「それが昨日より、中山は出かけており、まだ帰邸いたしておりませぬ」

門番が答えた。

「帰ってない。室さんの御用で大坂へ行ったのは知っているが、昨日中に戻ってくるはずやろ」

室とは二条大納言の正室、水戸家の姫のことである。

「はい。遠出するとの届けは出ておりますが、まだ」

怪訝な顔をした松波雅楽頭に、門番が付け加えた。

武家は門限に厳しい。いざ鎌倉というときに主君の馬前で戦うため、代々の禄を給されているのだ。いつ何時、惣触れがかかってもいいように待機していなければならない。さすがに幕初のようにうるさくはなくなったが、無断での外泊は罪になった。

もちろん、あらかじめ届け出て許可を取っておけば問題はない。でなければ、剣術修行や学問遊学などできなくなる。

「どうなっておるんや」

松波雅楽頭が質問した。

「あいにく、わたくしではわかりかねまする」

門番が首を横に振った。

「そなたでは話にならんの。中山の代わりとなる者を呼べ」

「ただちに」

求められた門番が、ふたたび御殿へと走った。

「まったく、気のきかんこっちゃ。儂を門の外に立たせたままとは……これやから武家はあかん」

松波雅楽頭が不満を漏らした。

「お待たせをいたしましてございまする」

息も荒く、門番が走り寄ってきた。

「組頭《くみがしら》尾形《おがた》市右衛門《いちえもん》が、お目にかかると申しております。どうぞ、お通りを」

「そうか」

門番の案内に、松波雅楽頭が鷹揚《おうよう》にうなずいた。

「……ご無礼を申しあげましてございまする」

いつもの客間に通された松波雅楽頭の前に、初老の藩士が平伏していた。

「まあええ、今回は許す」

外で待たせたことを詫びた組頭尾形市右衛門に、松波雅楽頭が手を振った。

「で、わざわざお見えいただいた御用とはなんでございましょう」

尾形市右衛門が尋ねた。

「中山主膳に用があったのだがの。室はんの御用の成否を問い合わせに来たんや」

「畏れ多いことでございますが、まだ帰っておりませぬ」

門番と同じ答えを尾形市右衛門が返した。

「らしいの。いつ戻って参る」

「わかりかねまする」

「なにをしておるんじゃ。室はんが用を頼んでいたというに」

松波雅楽頭が不満を口にした。

「さようでございましたか。姫さまの御用を承っていたとは聞いておりませんでしたので。よろしければ、わたくしが代わりに」

尾形市右衛門が代理をすると言った。

「いや、よい。中山主膳でなければならぬのじゃ」

しなくていいと松波雅楽頭が尾形市右衛門を押さえた。

「中山主膳が帰り次第、屋敷に報せを」

「わかりましてございまする」

松波雅楽頭の指図を尾形市右衛門が受けた。

「お気を付けてお帰りをくださいませ」

門前まで見送った尾形市右衛門を、御殿の奥で中山主膳が出迎えた。

「ご苦労であった」

「よろしゅうございましたので」

松波雅楽頭への対応がこれでいいのかと尾形市右衛門が懸念を表した。

「他に方法があったか」

中山主膳が苛立った。

「松平越中守さまに目を付けられてしまったのだぞ。越中守さまが決められれば、水戸家など一瞬で終わる」

「御三家を如何《いか》に老中首座さまといえども、潰すなどできますまい」

尾形市右衛門が疑問を呈した。

「越中守さまが普通の老中ならば、水戸家に手出しをするどころか、しようとさえいたすまい」

大きく中山主膳がため息を吐いた。

「越中守さまは、格別なのだ。あのお方の出を知っておろう」

「御三卿田安《たやす》家から、白河松平へ入られた」

訊かれた尾形市右衛門が答えた。

「そうだ。越中守さまは八代将軍吉宗公のお孫さまにあたられる」

「ですが、養子に出られたことで、臣下へ降りられたはず。白河松平は松平の姓を許されてはおりますが、家康さまのお血筋ではなく、御三家たる水戸家より格下」

松平定信の出自を語った中山主膳に、尾形市右衛門が反論した。

「格の問題ではない。越中守さまは、いや、上様は越中守さまへの引け目をお持ちだ」

「上様が……」

尾形市右衛門が目を見開いた。

「そうだ。上様は越中守さまに強く出られぬ」

「……それは」

尾形市右衛門が気付いた。

「ああ。十代家治《いえはる》公のお世継ぎ家基《いえもと》公がお亡くなりになられたとき、もっともお世継ぎに近かったのは、田安家におられた賢丸《まさまる》さま、そう、今の越中守さまだ」

中山主膳が続けた。

「だが、越中守さまの聡明さを邪魔だと思った田沼主殿頭《たぬまとのものかみ》と一橋民部卿《みんぶきょう》治済《はるさだ》さまによって、十一代将軍の座から追いおとされた。そして今の上様が家治さまのお世継ぎとなられた」

「なれないはずのお方が、将軍になった」

尾形市右衛門が唖然とした。

「その引け目を上様が感じておられると」

「そうだ」

大きく中山主膳がうなずいた。

「上様は越中守さまが強く求められたとき、それを拒まれまい」

「……………」

尾形市右衛門が音を立てて息を吞んだ。

「水戸家は潰れるぞ。今のままならばな」

中山主膳が力なく首を左右に振った。

「今のまま……」

「もう少し、もう少しすれば、越中守さまと上様の力関係が逆転する」

「上様が勝たれると」

「そうよ。当たり前だが老中は上様の家臣でしかない。ただ、十一代将軍就任という特別な理由があればこその現状。とはいえ、いつまでもそれでは秩序が保てぬ。将軍より偉い家臣など論外だからな。そのことに上様はお気づきじゃ」

中山主膳が述べた。

「お気づきだというのは……」

「尊号の一件だ。上様は一橋民部卿治済さまに大御所称号を望まれた。これがそうだ」

「…………」

「わからぬか。それで組頭とは情けない」

怪訝な顔をした尾形市右衛門に、中山主膳があきれた。

「申しわけございませぬ」

たしなめられた尾形市右衛門がうなだれた。

「大御所称号は、将軍となられたお方がその座を譲られたときにお名乗りになるもの」

「それは存じておりまする」

尾形市右衛門が首を縦に振った。

大御所称号は初代将軍家康と二代将軍秀忠、そして八代将軍吉宗の三人にしか許されてはいなかった。もっともそれ以外の将軍は在位中に亡くなったからである。大御所称号を得るには、生きて隠居しなければならない。

また、傍系から将軍へ入った吉宗の場合、その実父紀州徳川家二代光貞《みつさだ》はすでに亡くなっていたため、今回と同じような騒動は起こらなかった。

「わかるか、今回上様が求められた一橋民部卿治済さまへの大御所称号認可は、前例がないのだ」

「…………」

「前例がない。これがどれほど大きな意味を持つ」

「一度でも通れば、それは慣例となりまする」

問うような中山主膳に、尾形市右衛門が応じた。

「わかったであろう。上様は前例を作られようとしている。これこそ、朝廷から出された光格天皇の御尊父であらせられる閑院宮典仁親王《かんいんのみやすけひとしんのう》への太上天皇号《だじょうてんのう》の要求を前例がないと言って拒んだ越中守さまへの挑戦」

「ま、まさに……」

中山主膳の説に、尾形市右衛門が同意した。

「大御所称号が認可されたとき、上様は越中守さまを押さえこまれる。さすれば、いかに越中守さまが声高《こわだか》に言われようとも、水戸家を潰すことはできなくなる」

「引け目はなくされても、老中首座からの正式な求めとあれば、上様も無下にはなされますまいに」

尾形市右衛門がもう一つ懸念を口にした。

「それはない」

中山主膳が断言した。

「人というのは、頭を押えられていたときのことを忘れぬものだ。それを凌駕《りょうが》できるようになったとき、かならず目の上のたんこぶを取ろうとする」

「越中守さまが失脚されると」

「……………」

確かめるように言った尾形市右衛門に中山主膳が無言で首肯した。

「あと少しだ。越中守さまはすでに袋小路に入っておられる。上様のお求めを果たせなければ、老中としての手腕を問われて終わり、果たしたとしても前例を作ったとして終わりを迎える。今上さまのご要望を前例がないで拒んだ者が、それを破ったとあれば世間が許すまい」

天皇の望みはすべてに優先される。幕府が天下を取っているときに、これはただの名分に過ぎないが、現存している。老中首座ともあろうものが、二枚舌を使ったことになるのだ。それも光格天皇をないがしろにするという形で。まちがいなく幕府を責める声が朝廷の公家たちからあがる。

といったところで、公家の声など幕府にとってなんの痛痒《つうよう》もない。が、大義名分は公家にある。松平定信を蹴落としたいと思っている者にとって、それはなによりも価値があり、そしてその一人である十一代将軍家斉《いえなり》が見逃すはずもなかった。

「それまでの辛抱である」

中山主膳が己に言い聞かせるかのように告げた。

四

鷹矢はその日の締めとして、口向を担当する蔵人から出された帳面に花押《かおう》を入れた。

「これでよいな」

「けっこうでおじゃります」

筆を置いた鷹矢に、蔵人がうなずいた。

「では、下がろう」

禁裏付の役目を終えて、鷹矢は御所を出た。

「お戻りである」

御所を出たところに、檜川が率いる行列が待っていた。

禁裏付は京における幕府の権威である。禁裏付はわずか数丁の移動にも行列を仕立て、その先頭に槍を掲げた。

「寄れ、寄れ」

　京の公家たちを威圧するのも禁裏付の役目であり、禁裏付の行列に行き合うと五摂家の牛車でさえ道を変えた。

「お帰りである」

　百万遍の禁裏付役屋敷の門が、檜川の声を合図に大きく開かれた。行列はそのまま大門を潜り、鷹矢の乗った駕籠が玄関式台に乗せられた。

「戻った」

　駕籠の扉を開けて、鷹矢が降り立った。

「お帰りなさいませ」

　弓江がいつものように出迎えた。

「うむ。頼む」

　駕籠に乗るとき外して持っていた太刀を鷹矢は弓江に預けた。

「お預かりいたしまする」

　弓江が太刀を大事そうに抱えこんだ。

「ご苦労であった。明日もまた頼む」

鷹矢が行列の者たちをねぎらった。

「へい。ほな、これで」

檜川以外の者は、神社や寺に属する神人あるいは寺男であった。京にさほどの家臣を連れて来ていない鷹矢は、行列陸尺《ろくしゃく》、槍持ち、中間《ちゅうげん》として、一日いくらの約束で雇っていた。

「南條どのは」

玄関から奥へ向かいながら、鷹矢は弓江に尋ねた。

「台所で働いております る」

弓江が答えた。

「他人目につかぬほうがよろしいかと考えましてございまする」

「よくぞ思案してくれた」

弓江の気遣いを鷹矢は褒めた。

温子が二条家を逃げ出し、実家にも帰っていないとあれば、その行き先は一カ所しかない。誰が考えても鷹矢のもとになるが、実際に目にしなければ、表だって非難することはできなかった。

「いえ。それと枡屋茂右衛門《ますやしげえもん》が参っておりまする」

弓江が報告した。

京錦《にしき》市場のまとめ役で稀代の絵師として知られた枡屋茂右衛門でも、身分は町人でしかなく、武家の娘である弓江が呼び捨てにするのは当然であった。

「そうか。奥の間だな」

「はい。いつものように襖絵を描いておりまする」

確認した鷹矢に、弓江が首肯した。

絵師伊藤若冲《いとうじゃくちゅう》としての名が知られている枡屋茂右衛門は、錦市場の取り潰しを計画した五条市場と東町奉行所与力の企みを鷹矢が潰したことに恩を感じ、禁裏付役屋敷の襖絵を担当してくれていた。

「着替えたら顔を出す。茶もそちらへな」

「わかりましてございまする」

枡屋茂右衛門と茶を共にすると言った鷹矢の要求を弓江が受け入れた。

絵師であれ、仏師であれ、その仕事に没頭する姿は、剣術の名人の構えに通じる。

「……………」

枡屋茂右衛門が作業している奥の間へ入った鷹矢は、声をかけずに見守った。

「……ん」

筆を素早く走らせた枡屋茂右衛門が、満足げに首を上下させた。

「いつもながら、見事だな」

枡屋茂右衛門が描きあげたのは、一本の松の木であった。その枝振りはとても筆で描かれたものとは思えないほど生き生きとしており、松籟《しょうらい》まで聞こえてきそうであった。

「おや、お帰りでしたか」

筆を置いた枡屋茂右衛門が鷹矢を見て一礼した。

「つい先ほどな」

「気付きませず、ご無礼を」

枡屋茂右衛門が詫びた。

「そういえば、帰ってきてはりますな」

「見たのか」

「さきほど筆洗い壺《つぼ》に水をいただきに台所へ行きまして、お姿を」

しっかりと枡屋茂右衛門は温子のことを見つけていた。

「言わずともよかろうが……」

「他言無用でっしゃろ」

釘を刺そうとした鷹矢に、枡屋茂右衛門が被《かぶ》せてきた。

「どうぞ、お茶を」

そこへ弓江が茶を持って来た。

「これは、ありがたいことで」

枡屋茂右衛門が頭を垂れた。

「では、御用がございましたら、お呼びくださいませ」

無言で受け取った鷹矢に、同席を拒まれたと読んだ弓江が奥の間から出ていった。

「……」

「やはり、おましたんやな」

声を低くした枡屋茂右衛門が鷹矢を見た。

「ああ、しっかりと襲われたわ。それも二度」

「二度……とは、念の入ったことで」

枡屋茂右衛門が感心した。

「ご無事でと訊くほうがまぬけでんな。目の前に典膳正はんがいてはります」

「怪我一つない。が、一つまちがえていたらここにはいない」

思い出した鷹矢が苦く頬をゆがめた。

「さほどのことでしたんか。聞かせてもろうても」

「聞いてくれるか……」

枡屋茂右衛門の願いに、鷹矢が経緯を語った。

「逢坂の関でとは、よう考えてますな。東から京へ入るなら、絶対通らなあかんだけに、見逃しがおまへん」

枡屋茂右衛門が敵の策を認めた。

「そこに数を集めるのは、なかなか。最初の襲撃で失敗しても、二の段が止めを刺す」

「あまり褒めてもらいたくはないぞ。その策を喰らった身としてはな」

鷹矢が苦笑した。

「さいでした。気いつかんことをいたしまして」

申しわけないと枡屋茂右衛門が頭を下げた。

「典膳正はんが無事のもとが、台所にいてはるお姫さんやと」

「よく見抜いた」

表情を硬くした枡屋茂右衛門を鷹矢は称賛した。

「一回去った細作が戻って来ているんでっせ。それを典膳正はんが受け入れている。となれば、相応の手柄があったとしか考えられまへんがな」

枡屋茂右衛門が語った。

「……南條どのが、吾の知人に危急を報せてくれなかったら……」

鷹矢がため息を吐いた。

「それも罠《わな》やと思いまへんか。もう一度細作を送りこむための」

「かも知れぬ。だが、そのお陰で今生きているのはたしかなのだ」

一応の懸念を口にした枡屋茂右衛門へ、鷹矢は首を横に振った。

「仰せの通りで。すいまへん、要らんことを言いました」

枡屋茂右衛門が謝罪を述べた。

「いや、気を遣ってもらったことに感謝しよう」

鷹矢が手を振った。

「どう思わはります」

「吾が邪魔なのは最初からわかっていたが……命まで狙われるとはな」

鷹矢が苦笑した。

「そんなもんでっせ。人っちゅうのは、他人が邪魔になったときは」

枡屋茂右衛門が眉をひそめた。

「商人も儲けのためなら、人を殺すときもおます。ましてやお武家さまならなおさらでっせ。なにせ、お武家さまは首を獲って生きてきはったんですから」

「言われればそうよな。だが、公家は血なまぐさいことを嫌うのではなかったのか」

鷹矢が首をひねった。

「たしかにお公家はんは、神さんの眷属《けんぞく》でっさかいな。血なまぐさいのはお嫌いや。でも、それは己の手が血塗られなかったらええっちゅうだけ。考えてみなはれ。お武家さまをこの世に生みだしたのは、お公家はんでっせ」

「むっ」

枡屋茂右衛門の説明に、鷹矢は唸《うな》った。

「お公家はんは命令するだけ、実際に動くのは手の者」

「言いつけるだけ……か」

鷹矢が小さくため息を吐いた。

「それやったら、まだましですわ。最近のお公家はんは匂わすだけですわ。それを配下の者は忖度しまんね」

「忖度……」

その意味くらいは鷹矢も知っている。主君や目上の者がなにを望んでいるかを、推察して動くことだ。

「もっとも、忖度ちゅうても普通の場合と違いますわ。忖度はするほうが推し量るのが本来の形。お公家はんの忖度は、そうするように持って行く。いや、そうせざるを得ないように仕向ける」

苦々しい顔で枡屋茂右衛門が述べた。

「だから質が悪い。どこをどうやっても、後ろにいるお公家はんに手が届かんのですわ。命じてもいないし、金も出していない。手を下した者が失敗しても、捕まっても、知らぬ存ぜぬで通りますよって」

鷹矢も眉間《みけん》にしわを寄せた。

「…………」

「大義名分だけで生きているのがお公家はん。だけにそのあたりはよう考えてはります。幕府でも勝てまへん。お武家はんも大分、お公家はんに近《ちこ》うなってきはりましたが、まだまだですわ。もとが力の強い者が偉いというところが原因でっしゃろう」

「たしかにな。武家も剣術などの武芸ではなく、算勘を優先するようになってはいるが、一刀流《いっとうりゅう》の遣い手だとか、槍の名人だとかいうと、一目をおく」

鷹矢も同意を示した。

「今のままでは、幕府もそうなっていきまっせ。身分の入れ替えがなくなり、大名の子は大名に、老中の跡継ぎは老中に……こうなったら朝廷と同じ。血筋だけで能力はどうでもようなりますよってな」

「町人も親の跡を継ぐだろう。同じではないか」

「家を継げるのは一人だけでっせ。兄が家を継いだら、弟は出て行かなあかん。お大名はんみたいに、家臣のところに跡継ぎでない息子を押しつけるわけにもいかへん。なにより、商家は馬鹿に跡とらせまへん。阿呆が店継いだら、まちがいなく左前にしますよってな。博打《ばくち》に狂うか、女にはまるか、相場に手突っこむか、そんなことされたら、暖簾《のれん》が傷つきます。長男が馬鹿やったら次男、息子がどないしようもなかったら娘にようできた番頭あたりを婿にして任せる。それをお武家はんはしはらへん」

「言われる通りだな。武家だと馬鹿でも長男は跡継ぎだ。次男は長男に万一があったときのための控え、三男以下は無用の長物と決まっている」

鷹矢は一人息子であったので、相続の苦労はなかったが、周囲の旗本はそのほとんどが長男であった。

「町人は馬鹿ではない……」

「はいな」

ふと口にした鷹矢に、枡屋茂右衛門が頰を緩めた。

「なるほどな。今回のことを引き受けたのは、武家だと言いたいわけだ」

すでに直接手を下したのが水戸家京屋敷用人だとわかっているが、鷹矢はそれを言わなかったにもかかわらず気付いた枡屋茂右衛門に感嘆した。

「京ではお公家はんとのつきあいをまちがえた店から潰れていきますよって」

枡屋茂右衛門がそこまで言ってから、笑顔を引っ込めた。

「典膳正はん、思ったほど驚きはらん。知ってはりましたな、襲って来た連中の正体を」

しっかり枡屋茂右衛門は見抜いた。

「怖ろしい男だな、おぬしは」

鷹矢は驚いた。

「枡屋は代々続いた錦市場の青物問屋でおます」

「馬鹿ではない……か」

告げた枡屋茂右衛門に、鷹矢は繰り返した。

「今回のは二条はんの手引きですやろ。となれば……下長者町あたり」

枡屋茂右衛門は水戸家の京屋敷がある場所を言った。

「そこまで知られているのか」

二条家と水戸家のかかわりなどは、幕府と朝廷くらいしか興味はないと鷹矢は思っていた。

「どこのお公家はんが、どこのお大名と縁者になったというのを知っておくのは、商人の常識ですわ。そこの領地との伝手《つて》が欲しいときなんぞに、お公家はんに頼めますやろ。お武家はんは、お公家はんの仲介を断りはらんし」

枡屋茂右衛門が説明した。

「武家にとって公家はあこがれだからな」

徳川家からしてそうだが、武家のほとんどはその先祖を公家としている。徳川家が源氏、織田家が平氏、前田家が菅原《すがわら》氏と皆、名門の末あるいは流れを自称している。

これは統治者として正統であるという名分を得るためであるが、やはり血筋というものへの憧れも強い。

「ですけど、よろしいんか。水戸はんを敵にして。水戸はんは将軍家のご親戚ですやろ」

枡屋茂右衛門が気にした。

「武家のことはあまり得意ではないのだな」

鷹矢がほっとした。

「わたいは京のもんでっせ。お武家はんには疎《うと》うおます」

枡屋茂右衛門が苦笑した。

「御三家といったところで、水戸家は紀州家の分家扱いでな。政にもいっさいかかわられることがない。式日以外で将軍家へ目通りなさることもないというか、会ってもらえぬ」

「なるほど。親戚ほど警戒するということですな」

実状を話した鷹矢に、枡屋茂右衛門がすぐに納得した。

「枡屋、二条家はどう出ると思う」

鷹矢が問うた。

「知らん顔しはりますやろうな」

「やはり」

思ったとおりの答えに、鷹矢がうなずいた。

「二条はんは動きはらへん。代わりに松波雅楽頭はんがなんぞ手を打ってきはりますやろ」

「雅楽頭がか」

「はい。おそらく、典膳正はんにとってもっとも嫌な手を使ってきはりますわ。それがどんなんになるかはわかりまへんが」

難しい顔で枡屋茂右衛門が応じた。

第四章　公家の質

一

近衛右大臣経熙《つねひろ》は五摂家の筆頭として、二条や一条に後れを取ることはできなかった。

「大納言が下手をしたようや」

公家のなかに張り巡らせた伝手が、二条大納言の失敗を報せてきた。

「どうやら逢坂の関で武家同士の争いがあったらしい」

夜とはいえ、逢坂の関は人通りもある。夜旅をかけて一日でも早く京へ入りたいという旅人はいる。それらの誰かが、かかわりあいになりたくないからと、一件を遠目に見ていた。

だが噂好きな京の者が、見たことを黙っていられるはずもなく、ときをおかず近衛経熙のもとに届いた。

「大納言に近づいていた広橋が、一条へと乗り換えたようやし」

禁中のできごとで近衛家に聞こえてこないものはなかった。

五摂家筆頭という格は、公家の昇進に大きな影響を持つ。残り四家が推しても、近衛が強硬に反対すれば話はならない。仕丁や雑司にいたっては、近衛に睨まれただけでまちがいなく、お役ご免になる。

誰もが皆、機嫌を取る。それが近衛という家柄であった。

「となれば、二条と禁裏付が仲違いしたと見るべきやな」

近衛家は強大な力を禁裏で持つだけに、ときの天皇から嫌われることもままあり、近衛家が公家の最高峰である関白摂政に就けないときもある。

天皇家との不仲も覚悟しなければならない。それが近衛家の当主なのだ。だけに、当主となる者は誰もが優秀であり、策謀に長けていた。

「好機や」

屋敷で一人近衛経熙がほくそ笑んだ。

「幕府へ恩を売っておくべきやな」

近衛経熙が手元に置いていた鈴を手にして振った。

涼やかな音が寝殿造りの屋敷に響き、まもなく御簾の向こうに人の気配がした。

「お呼びでっしゃろか、御所はん」

「先日、顔を出した桐屋《きりや》という商人を呼び」

問うた家宰に近衛経熙が指示した。


桐屋は大坂の商人だったが、あらたに京へと手を伸ばしてきた。しかし、京は代々のつきあいで物事を動かし、そうそう新参者を受け入れてはくれない。

「百年待てやと。死んでるわ」

商いを申しこんだ相手に断られた桐屋は、京の頑迷さを押し破るために禁裏御用という看板を欲した。

禁裏は京の中心で、その誇りの源である。その禁裏が出入りを認めたとあれば、京の老舗《しにせ》も桐屋を粗末に扱えなくなる。

「大坂での商いでも大きな看板になる」

商都と言われる大坂は、武士の値打ちが低い。金のあるなしが大坂商人にとって、大きな価値判断になる。金を生むことなく、与えられた禄を消費するだけで、物価の上昇にも対応できず、借財まみれになった武士を大坂商人は見ている。いや、その金を貸している。当然、武士がどれだけ世過ぎに適していないか、なんの努力もしないかをよくわかっている。

「何々の守である」

「十万石の大名じゃ」

いかに偉ぶっても、その内実は金がなくて泣いていると知っていて、尊敬や畏れなど感じるはずもない。

対して、朝廷には尊敬の念を抱いていた。

これは直接触れあう機会がないため、尊き血筋という者へのあこがれが大きい。まあ、実際は馬鹿にしている武家に頭を下げなければならないという鬱憤《うっぷん》を、武家が気遣う公家への敬愛に置き替えているだけであった。

桐屋もその名前にすり寄ろうとしていた。

「お呼びだそうで」

近衛経熙は、桐屋が京での勢力拡大の後ろ盾としている人物である。呼びだしに応じるのは当たり前であった。

「参ったか。そこでは話が遠い、近う寄れ」

御簾の奥から近衛経熙が招いた。

「畏れ多いことでございまする」

とは言いながら、桐屋は御簾の前に移動した。

「気持ちの悪いもの言いをするな。そなたの口からございまするなどというのを聞けば、背中が寒うなる」

普段通りの口調でよいと近衛経熙が許した。

「それはありがたい」

桐屋が笑った。

「うまく話は進んでおるかえ」

まず近衛経熙が進捗《しんちょく》状況を問うた。

「……あきまへん」

桐屋が苦い顔をした。

「どうしたのじゃ」

「錦市場の顔役になりかけたんですが、枡屋茂右衛門に邪魔されまして」

「枡屋……おお、若冲か。たしかに名前は響いておるが、たかが絵師ではないか。そちが気にするほどではなかろう」

近衛経熙が不思議そうな声を出した。

「それが枡屋の後ろには、武士が付いてましてん」

「武士、そちが引くほどの者がか」

先ほど以上の驚愕を近衛経熙が見せた。

公家は商人が武家に腰を屈《かが》めながらも、肚のなかで嘲笑していることを知っている。

「禁裏付ですわ」

「……どっちじゃ。禁裏付は二人おる」

「枡屋が、典膳なんとやと呼んどりました」

「典膳正……新任のほうやの」

近衛経熙が告げた。

「ご存じでっか。そいつに邪魔されまして、おかげで錦市場から手引かなあかんようになってしまいました」

悔しそうに桐屋が述べた。

「今日、そちを呼んだのは、その禁裏付のことじゃ」

「禁裏付の……どのような」

桐屋が興味深そうに身体を前に傾けた。

「その者を堕《お》としてくれぬか」

「……禁裏付を」

「そうや」

確かめた桐屋に、近衛経熙がうなずいた。

「堕とすでっか。片付けるやのうて」

「片付けるとはどういう意味かの。麿にはわからぬ。どこぞへ仕舞うのか」

わざとらしく近衛経熙が首をかしげた。

「仕舞ってもよろしいので」

「役に立たぬものは、蔵へ仕舞うのが普通であろう」

声を低くした桐屋に、近衛経熙が淡々と答えた。

「わかりました。堕とせなかったときは、仕舞うということでよろしゅうございますな」

「…………」

無言をもって近衛経熙は答えに代えた。

「御意見がないというのはお任せいただいたということでんな」

桐屋が笑いながら、手を突いた。

「ほな、ごめんを」

平伏して桐屋が退出した。

「一筋縄ではいかんの」

御簾の奥で近衛経熙が苦い声を出した。

最後にお任せいただいたということでと、近衛経熙の意志を受けたと口にした桐屋であった。

屋敷へ戻った二条大納言は、松波雅楽頭から中山主膳が行き方知れずだと聞かされていた。

「どういうことや」

「わかりません」

主の問いに、松波雅楽頭が首を横に振った。

「中山主膳が死んだということは……」

「……ありえます」

二条大納言の言葉に松波雅楽頭が少し考えて首肯した。

「水戸家京屋敷用人をあっさりと討つか……少し典膳正を舐めておったかや」

「申しわけもおまへん」

苦い顔をした二条大納言に、松波雅楽頭が頭を垂れた。

「いや、そなたのせいやない。見抜けんかった麿が悪いのじゃ」

「畏れ多いことでございまする」

配下の罪を問わないと言った主君に、松波雅楽頭が深く感謝した。

「しかしや、無傷で退けられるほどの腕やなかったはずやな」

「そう南條の娘から聞いておりまする」

二条大納言の確認に松波雅楽頭が首肯した。

温子は禁裏付役屋敷にいる間、鷹矢のことをよく見ていた。一度は老中を追われた松平周防守《すおうのかみ》の家臣たちに狙われ、必死の逃走を手助けしたりもしている。鷹矢がさほど剣の遣い手ではないと温子は松波雅楽頭へ報告していた。

「家臣として雇い入れた大坂の道場主が相当遣うということでございますが」

松波雅楽頭が付け加えた。

「それでも一人であろう。水戸は数を出したはずや」

「はい。それ以上の者はいないと南條が申しておりました」

言われた松波雅楽頭が答えた。

「……すべては南條の娘からか」

「さようで……ございまする」

松波雅楽頭も無念そうに頬をゆがめながら認めた。

「その南條の娘を呼べ。麿が直接話を訊く」

「……それが……」

指図された松波雅楽頭が口ごもった。

「なんじゃ」

二条大納言の表情が険しくなった。

「昨日より……」

松波雅楽頭が小さな声で経緯を述べた。

「あほう」

二条大納言が怒鳴った。

「手はずを南條の娘が典膳正へ漏らしたんや。それでなければ、典膳正が無傷なんぞですむかいな。襲撃がわかっていたら、いくらでも手の打ちようはある」

「申しわけおまへん」

松波雅楽頭が平謝りに謝った。

「まずいな」

いらいらと二条大納言が首を動かした。

「こちらの手のうちを全部知られてしもうたやないか」

「……………」

顔を上げず、松波雅楽頭が縮こまった。

「なんとかして、南條の娘を取り返さなければあかん」

「引き取りにいきましょうや」

松波雅楽頭が提案した。

「なんちゅうて引き取りにいくねん」

「それはうちの女中が、お邪魔しているようだがと」

険しい顔で問われた松波雅楽頭が言った。

「南條の娘が禁裏付役屋敷におるのを確かめたんか」

「いいえ」

問われた松波雅楽頭が首を横に振った。

「それやったらあかんやないか。憶測で行ってどないすんねん。なんでここにおると考えたんやと質問されたら、なんと答える気いや」

「ここしかないと……」

「あほう」

ふたたび、二条大納言が松波雅楽頭を叱りつけた。

「禁裏付やぞ、相手は。そんな当てずっぽうでけちつけにいって、逆に南條の娘がいなくなった経緯を問われたらどうすんねん。麿が行くならまだしも、そなたでは禁裏付の査問を断れんぞ」

「…………」

松波雅楽頭が顔色を変えた。

「では、どうすれば……」

「……そうやな、南條の娘を取り戻すには……」

策を授けてくれと願った家臣へ、二条大納言が思案に入った。

「麿に傷が付かず、そなたもかかわらんと行く……」

じっと二条大納言が考えた。

「そうや、一つあったわ」

二条大納言が声をあげた。

「どのような手でございましょう」

松波雅楽頭が身を乗り出した。

「身内の情や。親が娘を心配する。これは人として当然のことやろ。いかに禁裏目付といえども、それに口は挟まれへん」

「南條蔵人を使うと」

「そうや。親が娘を探して、あちこちを尋ねて回る。それの一つがかつて娘が働いていた禁裏付役屋敷だったとしても、不思議ではないやろ」

「はい。お見事な」

説明した二条大納言に、松波雅楽頭が手を打った。

「早速、使いを出し」

「ただちに」

二条大納言に促された松波雅楽頭が御前から下がっていった。

二

松平定信から、場合によっては鷹矢の排除も考慮にいれよと言われた霜月織部《おりべ》は、馬を替えつつ江戸から京へと急いだ。

「戻った」

京での仮屋としている借家へ入った霜月織部は、同僚の津川一旗に声をかけた。

「ご苦労だったな。越中守さまはご壮健であられたか」

津川一旗が霜月織部を労《ねぎら》いながら訊いた。

「お元気であられた」

「それは重畳」

霜月織部の答えに、津川一旗が満足げにうなずいた。

二人はもともと将軍家お身内衆とされている御三卿田安家へお付き家臣として出されていた御家人であった。田安家で賢丸のお付きとなっていた二人は、賢丸が白河松平家へ養子で出たため役目を解かれ、御家人へと戻っていた。後、老中となった松平定信によって引きあげられ、徒目付《かちめつけ》となり、その走狗として任を果たしていた。鷹矢と知り合ったのも、徒目付のときであった。

お使番だった鷹矢が諸国巡検使に任じられたとき、霜月織部と津川一旗はその同行者として選ばれ、親交を重ねた。

そして鷹矢が松平定信の命で禁裏付となったことで、二人は徒目付を辞し、剣術修行という名目で京へ移り住み、鷹矢の警固を陰からおこなっていた。

「越中守さまからのお言葉じゃ」

「おう」

津川一旗が姿勢を正した。

「典膳正に叛《そむ》く気配あれば、討ち果たせとのことだ」

「……承った」

松平定信に心酔している二人は、その命に疑問を挟むことなく、従う意志を見せた。

「吾の留守の間になにかあったか」

今度は霜月織部が尋ねた。

「おぬしのおらなかった間にの……」

津川一旗が襲撃について語った。

「そんなことがあったのか。よくぞ、防いだの」

松平定信に敵対したときは殺すと覚悟しているが、今はまだ役に立つ者である鷹矢が討たれていたら、大事になっていた。

霜月織部が津川一旗を讃《たた》えた。

「いや、偶然だ」

津川一旗が手柄と言うほどではないと手を振った。

「それよりもご報告だが……」

「さすがに折り返して江戸へ帰るわけにはいかぬな。いつまた東城が狙われるかも知れぬ」

直接の報告は手薄になると霜月織部が否定した。

「では、飛脚に託すぞ」

「それしかあるまい」

飛脚は江戸まで十日ほどで手紙を届けてくれるが、人のやることだけに絶対とは言えなかった。

峠から落ちたり、盗賊に襲われたりと飛脚の被害はままある。確実だとはいえないだけに、二人は悩んだ。

「二回出そう」

飛脚を貸しきりで江戸まで急がせると、費用は五両近くかかる。往復の旅費として二両、それに飛脚への代金として二両から三両支払う形になる。二人の飛脚を雇えば、当然倍になった。

「十両か……痛いな」

剣術修業という名目での京行きは、個人のつごうになる。幕府からの手当は一切ない。松平定信からいくらかはもらっているが、本禄百五十俵ていどの御家人に十両は大きい。

「我らが喰わねども、これは必須である」

「そうだな」

霜月織部と津川一旗の意見が一致した。

万一を考えた霜月織部と津川一旗は、松平定信への報告を各々の筆で書き、別の飛脚問屋へと持ちこんだ。

鷹矢は禁裏付役屋敷で書状を認めていた。水戸家のこと、広橋中納言のことを松平定信へ報せるためであった。

帰ってすぐに書かなかったのは、広橋中納言への不満をそのまま紙背へぶつけてしまいそうだったからであった。

感情のこもった書状の信頼性は格段に落ちる。鷹矢はお使番をしていたおかげで、そのあたりのことを身につけていた。

「……これでいいだろう」

鷹矢は書きあげた書状に封をし、油紙で包んだうえに禁裏付から老中首座への正式な文藻である旨を記した。

「明日にでも所司代に届けて、御用飛脚で出してもらおう」

鷹矢は呟いた。

京と江戸、大坂と江戸には御用飛脚が置かれていた。幕府御用と記した鑑札を持つ御用飛脚は、道中の関所にも止められることなく、江戸と京を七日で行き来する。たとえ、門限を過ぎて閉められた箱根の関所の扉でさえ、御用飛脚が通るとあれば開かれる。もちろん、参勤の大名行列なども道を譲った。

それを禁裏付も利用することができた。とはいえ、ものがものだけに、家臣に京都所司代へ届けさせて預けるわけにはいかなかった。

御用飛脚を使う旨を禁裏付が直接京都所司代に告げて、実物をその場で渡さなければならなかった。なかになにが書かれているかをあきらかにせずともよいが、禁裏付から老中首座への急用だということを所司代に理解してもらわなければ、御用飛脚を出してはもらえない。

「寝るか」

すでに枡屋茂右衛門も帰っている。

色々あって疲れた鷹矢は、自室で夜着にくるまるなり、眠りに落ちた。


禁裏付としての出仕前に、鷹矢は京都所司代を訪れた。

「何用じゃ」

京都所司代は朝廷と西国諸大名の監察、京に近い国々の管理をおこなう。近年、京都町奉行所、大坂城代、各地の代官に実務を移行し、かつてほどの権限はなくなっているが、それでも多忙であるのは確かである。

そんな京都所司代のわずかな有閑ともいうべき、早朝に急な訪問をしかけられたとあれば、機嫌も悪くなる。

京都所司代戸田因幡守《とだいなばのかみ》が、露骨に面倒くさそうな態度で鷹矢を迎えた。

「御用飛脚をお願いいたしたく」

鷹矢は用件を告げた。

「御用飛脚だと……越中守さまへのか」

戸田因幡守の目つきが変わった。

松平定信と戸田因幡守は政敵の関係にあった。戸田因幡守は松平定信を白河へ追い出した田沼主殿頭意次《おきつぐ》の子飼いだったのだ。しかし、戸田因幡守が老中へ出世する前に、田沼意次が松平定信との争いに負け、隠居となってしまった。負けた側の戸田因幡守が、京都所司代のままでいられているのは、江戸から遠い京にいて御用部屋になんら影響を及ぼせる立場にないからであった。

そう、戸田因幡守は松平定信から相手として見られてさえいなかった。もっとも、そのお陰で粛清されずにすんでいた。

「さようでござる」

当然のことながら、幕府の公用飛脚である御用飛脚は誰に宛ててのものかをはっきりさせなければならない。

「内容は」

「それは申せませぬ」

中身を問うた戸田因幡守に、鷹矢は首を横に振った。

これも当たり前であった。老中のもとへ送られる御用飛脚には、重要なことしか記されない。私用で使うことなど許されるはずもなく、その中身は余人の知ってはならない場合がほとんどといえる。

「京を預かる所司代たる余にも言えぬことか」

戸田因幡守が、重い声でふたたび訊いた。

「……………」

無言で鷹矢は拒絶の意志を見せた。

「そうか。わかった。早速に手配しよう」

あっさりと戸田因幡守が、あきらめた。

「かたじけなし」

鷹矢が一礼した。

「御用飛脚は今日中に出す」

「今すぐにお願いいたしたい」

すぐには出せないと述べた戸田因幡守に、鷹矢が急いでくれるよう求めた。

「定飛脚ではなく、御用飛脚ぞ。出すとあれば、京都所司代として江戸へ報せておいたほうがよいものも同梱すべきであろう」

定飛脚は京都所司代、大坂城代などが決められた期間ごとに業務を報告するために江戸へ出すもので、御用飛脚の一つには違いないが、夜中に関所を開けさせてまで急がせるほどのものではない。

「ただちに書状をまとめるゆえ、遅れたとしても一刻（約二時間）ほどのことである」

「……できるだけお急ぎ願いたい」

禁裏付は老中支配だが、任地では京都所司代の指揮下に入る。いわば、戸田因幡守は鷹矢にとって直属の上司になる。それ以上強くは言えなかった。

「では、帰れ。そなたがいては書状のまとめをする邪魔だ」

「お願いいたした」

手を振った戸田因幡守に念を押して鷹矢は京都所司代を出た。

「……佐々木《さ さ き》はおらぬのであったな」

戸田因幡守が、苦い顔をした。佐々木は戸田因幡守の用人で、裏のことを司っていた。その佐々木が闇のかかわりで京都町奉行所に捕まったとき、戸田因幡守は吾が身を守るため、用人を切り捨てていた。

「あやつならば、この書状の封を痕跡残さずに開けられただろうに」

鷹矢の持ちこんだ書状を見ながら、戸田因幡守が悔やんだ。

「……誰かおらぬか」

戸田因幡守が、家臣を呼んだ。

「なにか御用でしょうか」

襖を開けて近侍が顔を見せた。

「一度封をした書状の書き直しをしたい。封をうまく剝がすことのできる者はおらぬか」

戸田因幡守が、尋ねた。

「……しばし、お待ちを」

近侍が下がった。

「殿、右筆《ゆうひつ》の一人が書状の封をきれいに開けられるとのことでございまする」

しばらくして近侍が報告に戻って来た。

右筆は主君に代わって手紙などを書く役目の者で、能筆なのはもちろん、他家との遣り取りでの先例などにも詳しい。

「これへ参れ」

近侍が連れてきた初老の右筆を戸田因幡守が、招き入れた。

「……はっ」

右筆が戸田因幡守の二間（約三・六メートル）ほど下座まで近づいた。

「どうやってやるのじゃ」

書状を見せずに、戸田因幡守が問うた。

「はっ。封印の場所に鉄瓶《てつびん》から出る湯気を当て、糊《のり》をふやかして自然と剝がれるのを待ちまする」

「剝がした跡をわからぬように再度封もできるのだろうな」

「できまする。封印の位置がずれぬよう、あらかじめ爪などで印をつけておけば、まず気付かれぬほどには復せまする」

右筆が首肯した。

「そこの火鉢でできるな」

執務部屋に置かれている火鉢を戸田因幡守が、目で示した。

「もちろんでございまする」

右筆がうなずいた。

「…………」

じっと戸田因幡守が、右筆を見つめた。

「いかがなさいました」

右筆は主君の近くで役目を果たすことが多い。とはいえ、身分はさほど高くなく、家老や用人のように役目以外で話をすることなどなく、目を向けられるときも少ない。

右筆が戸惑った。

「そなた当家に仕えて何代になる」

「寛永のころにお召し抱えをいただきまして、六代お仕えしておりまする」

問われた右筆が答えた。

「十分に譜代であるな」

戸田因幡守が、口の端をつりあげた。

「そなたに密事を命じる。これ以降見聞きしたものは、決して他言するな。親であろうとも妻であろうともだ」

「承知いたしましてございまする」

釘を刺された右筆が従った。

「封を解くのは、これじゃ」

ようやく戸田因幡守が、鷹矢の書状を渡した。

「お預かりを……これは」

書状を受け取って、封を見た右筆が息を呑んだ。

「……いえ、なんでもございませぬ。今」

右筆が一瞬で立ち直った。念を押されたばかりである。書状に興味を示すわけにはいかなかった。

「…………」

火鉢の側に寄った右筆が、黙々と作業を始めた。

「……開きましてございまする」

煙草《たばこ》を二服するほどの間で、右筆が告げた。

「貸せ」

戸田因幡守が、手を伸ばした。

「少しお待ちを。湯気の水気が乾くまでにお触りになられますと、封の上に書かれた花押がにじんでしまうときがございまする」

「むっ」

注意された戸田因幡守が、手を引っ込めた。

「……もうよろしゅうございまする」

少しして右筆が書状を戸田因幡守に差し出した。

「やっとか……」

慎重に書状を開いた戸田因幡守が中身を黙読した。

「このようなことがあったのか」

戸田因幡守が、唸った。

「…………」

気配を消すように右筆は沈黙を続けた。

「よし」

読み終えた戸田因幡守が、書状を右筆に戻した。

「封をいたしても」

「さっさとせい」

確認した右筆に戸田因幡守が手を振った。

三

広橋中納言は日課となっている武者部屋での禁裏付出仕確認をおこなった。

「出ておるの」

「…………」

言葉をかけた広橋中納言に、鷹矢は無言を貫いた。

「くっ……」

広橋中納言が泣きそうな顔をした。

「そなたら、ちいと遠慮しい」

武者部屋に控えている仕丁たちを広橋中納言が他人払いした。

「へい」

仕丁たちがすなおに武者部屋を出ていった。

「典膳正……どの」

間を空けて広橋中納言が敬称を付けた。

「………」

鷹矢は応じなかった。

「悪かった。しゃあけど、禁裏では五摂家に逆らうわけにはいかへんね」

広橋中納言が頭を下げずに口だけで詫びた。

「二条大納言はんのご指示に従ったのはたしかや。恨まれて仕方ないとは思う。せやけどな、あんなことまでしはるとは思わんかった」

「……京から引き離してなにをすると」

鷹矢が知らぬはずなかろうと言った。

「せいぜい脅すくらいやと……」

「公家が武家を脅す……笑わせてくれる」

小さな声になった広橋中納言を鷹矢は嘲笑した。

「………」

広橋中納言が黙った。

「二条さまがなにをしようとしているか。それもわからずに禁裏で生きていけるとは思えぬな。そのていどの頭しかないならば、より武家伝奏という禁裏と幕府を結ぶ難しい役目はできまい。一つまちがえば、禁裏と幕府が対立し、天下に戦乱が起こるかも知れぬのだぞ」

「天下戦乱……そこまでのことにはならへん」

大きな話すぎると鷹矢の言いぶんを広橋中納言が否定した。

「禁裏付が五摂家の策で殺されても……」

「ひっ」

殺気を含んだ鷹矢の声に、広橋中納言が小さな悲鳴をあげた。

「小旗本だと思って軽く見るな。たしかに拙者は千石に満たぬ小禄でしかないが、禁裏目付とも言われる禁裏付の役目は重い。朝廷への監視役をだまし討ちにしたとあれば、幕府は、いや老中首座松平越中守さまがどうお考えになるか」

「…………」

広橋中納言の顔色がますます白くなった。

「とくに朝廷は、先日幕府が求めた大御所称号を拒んだばかりだ」

「そ、それはぜ、前例がないからであって……」

「かつて後水尾《ごみずのお》天皇は、幕府の要請で二代将軍の姫和子《かずこ》さまの入内《じゅだい》を受け入れた。武家の娘が入内したのは、平　相国清盛《たいらのしょうこくきよもり》の姫徳子《とくこ》以来の出来事だった」

言いわけしようとした広橋中納言を鷹矢は遮った。

「これを前例ありと言うなよ。徳子が生んだ安徳《あんとく》天皇が西国で入水《じゅすい》なされたという不吉を嫌い、以来武家の娘は中宮になれぬという決まりがあったはずだ。事実、和子姫の入内にはかなりの抵抗があったやに聞く」

鷹矢が広橋中納言を睨みつけた。

「………」

ふたたび広橋中納言が口をつぐんだ。

「武家の血を引く天皇の誕生という怖れを呑みこんだ朝廷が、たかが称号一つで幕府に拒否を突きつける。後水尾天皇の折にはできなかった抵抗を今上さまはなさった。となれば、なにか後ろに思惑があるか、あるいは幕府に対抗できる武力が付いたか」

「それは違う、違うぞ、典膳正」

広橋中納言が鷹矢の説に必死で首を横に振った。

「朝廷は徳川を敵に……」

「止めてくれ、頼むゆえ」

無視して続けた鷹矢に、広橋中納言がすがった。

「そう越中守さまが取られたら、どうなる」

「今上さまの譲位……」

広橋中納言が震えだした。

天皇の譲位は、織田信長を始め多くの武家が要求してきた。つごうの悪い天皇を廃し、言うことを聞く皇族を代わりに即位させる。

これがなされれば、朝廷は幕府の下に置かれたと天下に知らしめることになり、五摂家の当主はもとより、昇殿できる身分の公家たちもその責を負って身を退かざるを得なくなる。

「広橋が潰れる」

泣き声を広橋中納言があげた。

朝廷にそれだけの被害を出す原因となってしまえば、名家の格式、歴史、脈々と重ねて来た血筋の縁なども消し飛んでしまう。広橋家は取り潰され、中納言は血を見るのを嫌う公家の習慣に従って、遠国の、二度と京へ戻ることのできない辺鄙《へんぴ》な山寺へ入れられる。

「人を呪わば穴二つというであろう」

「……ごくっ」

広橋中納言が息を呑んだ。

「そんなつもりではなかったなどと言うてくれるなよ。これ以上、おぬしを軽蔑したくないからな」

「うっ……」

先手を打たれた広橋中納言が詰まった。

「すでに報告は出した。まちがいなく越中守さまは動かれよう」

「あああああ」

江戸へ報せたと聞かされた広橋中納言が崩れ落ちた。

「ここで嘆いている暇はあるのか。さっさと二条どのなりに相談すべきだろう。どうすれば、譲位まで話が行かずにすむかをな」

「……そうじゃ」

鷹矢に言われて、広橋中納言が慌てて武者部屋を出て行った。

「これでお役目は果たせたか」

小さく鷹矢が呟いた。

広橋中納言は優雅であるべき公家の所作とはかけ離れた動きで、公家部屋虎の間へと駆けこんだ。

「中納言どの」

襖を開け放ったまま叫んだ広橋中納言に、皆が眉をひそめた。

「黄門《こうもん》よ。平にせぬか」

近衛経煕が注意をした。

中納言は数人いる。その場に一人だけならば、中納言と呼べばすむが、複数いるときはややこしい。かといって一々名字をつけるのも煩わしいため、一人を中納言の唐名である黄門と呼ぶことが多かった。

「とにかく、こちらへ」

近衛経煕に応じず、広橋中納言が二条大納言を手招きした。

「無礼であろう」

下位公家から立ったまま呼ばれた二条大納言が機嫌の悪い顔をした。

「とにかく、とにかく」

それも無視して広橋中納言が重ねて呼んだ。

「行ってやられよ」

一条左大臣が、二条大納言を促した。

「でなければ、騒がしゅうてかなわんわ」

わざとらしく、束帯の袖で一条左大臣が、耳を押さえた。

「皆の迷惑とあれば、しょうがないの」

恩を売るように言って、二条大納言が立ちあがった。

「……なにをしてるんや。あんなまねしたら、そなたと麿が繋がっていると報せて歩いてるも一緒やないか」

廊下に出た二条大納言が、広橋中納言を叱りつけた。

「まあ、それはええにしても、あんなけったいな声を出して、顔色も死人のようでは、なんぞありましたと触れ歩いているも同然、ちいとは気遣い。よう、それで武家伝奏が務まるわ」

二条大納言があきれた。

「大納言はん……」

罵倒にも広橋中納言は態度を変えなかった。

「なんやねん、言いたいことがあるんやったら、早《は》よしいな」

苛立った二条大納言が急かした。

「譲位が……」

「はあ、なにを言うてるねん。今上さまはつい先日即位されたばかりや……」

鼻で笑いかけた二条大納言が、広橋中納言の額《ひたい》を濡らす脂汗に気付いた。

「……なにがあった」

二条大納言の目つきが変わった。

「典膳正が、江戸へ……」

広橋中納言がこれまでのことを語った。

「…………」

聞き終わっても二条大納言は動かなかった。

「大納言はん、どないしはりました」

「…………」

広橋中納言が声をかけても、微動だにしなかった。

「……広橋」

「はい」

かなり経《た》ってから、二条大納言が広橋中納言の顔を見た。

「まずい、これはまずい」

二条大納言の血の気が引いていた。

「どうしたらええ、どうしたらええ」

「わ、わかりまへん。しやよってに二条はんに話を持ちこんだんで」

手はないかと問うた二条大納言に広橋中納言が首を左右に振った。

「考えよ、考えんかいな。なんとかせい」

「無理言わんとっておくれやす」

胸ぐらを摑まんばかりの二条大納言から、広橋中納言が離れた。

「二条はん」

広橋中納言がゆっくりと二条大納言に声をかけた。

人というのは不思議なものだ。己が焦っていても、それ以上に過剰な反応を起こしている者を見れば、かえって落ち着くときがある。

今の広橋中納言がそうであった。

「一度お屋敷に戻らはったほうがよろしいんと違いますやろうか。雅楽頭にでも訊いたら、少しは役に立つかも知れまへん」

「そうや、そうやった。麿には雅楽頭がおった」

二条大納言が広橋中納言の提言にすがった。

「ほな、後はお願いしま……」

「なに言うてるねん。おまはんも来るんや。一人、逃げるやなんてさせへん」

流れに乗って逃げだそうとした広橋中納言を二条大納言は逃さなかった。

「……わかりました」

広橋中納言が肩を落とした。

二条大納言と広橋中納言の二人が廊下で話をしているのを尻目に、近衛経熙と一条左大臣が顔を見合わせていた。

「なにがあったと思う」

「あの二人ですよってなあ、禁裏付ですやろう」

近衛経熙の問いに、一条左大臣が答えた。

「知っているかいな、逢坂の関のことを」

「よう知ってますわ」

近衛経熙の言葉に、一条左大臣がうなずいた。

「それやろ」

「ですなあ」

二人が笑った。

「さて、どうなるかの」

「かかわりがおまへんので、どうでもよろしいけどな」

一条左大臣が興味ないとばかりに告げた。

「やな」

近衛経熙も同意した。

「明日は降りますかいな」

「東山に雲がかかってたさかいな」

話題を変えた一条左大臣に近衛経煕がつきあった。

近衛経煕と一条左大臣はどうでもいいといった態度を見せたが、他の公家たちは聞き耳を立てていた。

「大きな声で……まったく、なにをしてるんやろ。あれで摂家や名家やいうねんから、世話ないわ」

公家以外にも耳をそばだてている者がいた。

「今上はんのお耳に入れなあかんな」

御所の庭を掃除していた土岐が、さりげなく移動した。

天皇というのは、朝起きてから、夜寝るまでのすべてを前例で括《くく》られていた。それこそ、厠《かわや》へ行くのでさえ、刻限が定められているといわれるほどであった。おかげで、今ならどこにおられるかというのを、土岐は予想できる。

「日が中天に近づいてる。そろそろお庭をご覧になられるやろ」

土岐は光格天皇が閑院宮にいたときから仕えている。光格天皇のことに精通していた。

「少し離れていよ」

光格天皇も心得ていた。危急のときは不意に現れる土岐だが、普段は庭へ出た機を見計らって会いに来る。光格天皇は後ろに続いた典侍たちを足留めして、廊下の先端へと進んだ。

「今上さま」

清涼殿に続く庭を望む高廊下の下に入りこんだ土岐が声をかけた。

「二日ほど来なかったの」

光格天皇が前を見たまま、小声で文句を言った。

「ちいと遠出をいたしておりまして」

土岐が言いわけをした。

「遠出か、どこへ行ってきた」

「坂本まで行って参りました」

興味を示した光格天皇へ、土岐が告げた。

「坂本か……うらやましいの」

遠くを見るように顔を一層あげた光格天皇が呟いた。

「申しわけのないことを」

土岐が頭を垂れた。

天皇は御所から出られない。昔は行幸として、名所を訪れたりしたときもあったが、徳川の天下となってからは、ほとんど御所から出られなくなった。

その警固の手間と面倒さを幕府が嫌ったためである。

天皇にはなんの力もなかった。群臣はいても、天皇を守れるほどの武を持つ者はおらず、行幸するゆえ供をいたせなどと言えば、牛車じゃ、舎人《とねり》じゃ、とかえって面倒になる。

なにより御所から出た天皇を奪われでもしたら大事になる。

「徳川を朝敵となす」

勅 諚《ちょくじょう》を出されれば、徳川家を討つ大義名分ができる。

もっとも、そのていどで倒幕の軍勢を大名たちが興すことはないが、それでも天下に幕府の醜態をさらす。

天皇は御所に縛り付けておくのがなによりだと、幕府は行幸を認めていない。

「どんなところであった、坂本は」

出られない天皇としては、せめて話だけでも聞きたい。

「湖が右手に拡がり、左に比良の山々がそびえ立っておりました……」

光格天皇の求めに土岐が応じた。

「……もっと聞きたいが、暇がないのだろう」

「すんまへん」

我慢すると言った光格天皇へ土岐は恐縮した。

「まったく、そなたが昇殿できる身分になってくれたら、いつでも呼びだせるものを」

光格天皇が嘆息した。

たった一人の腹心である土岐は、それこそ即位のおりに願えば、六位の蔵人くらいにはなれた。それを土岐は拒んで最下級の仕丁として禁裏に務めることを望んだ。

「偉《え》ろうなるより、今上さまを支えるほうがよろしい」

土岐は一代の栄達などどうでもよかったのだ。妻も子もいない貧しい仕丁にとって、光格天皇だけが、大切であった。

「で、今日はなんぞあるんか」

光格天皇も子供のときから相手をしてもらった土岐には、口調も柔らかくなる。

「ちいとまずいことになっておりまして……」

言いにくそうに土岐が諸事を告げた。

「……………」

聞き終わった光格天皇が瞑目した。

「今上さま」

「のう、土岐よ」

心配した土岐に、光格天皇が口を開いた。

「朕《ちん》は愚か者どもの統領なのか」

「……………」

嘆く光格天皇へ土岐はなにも言えなかった。

「幕府と事を構える気もないくせに……己が軽く見られたというだけで、これだけのことをしでかす。朝廷が衰退して当然じゃ」

「お怒りはごもっともで」

土岐も同意した。

「大きな借りを作ってしまったの」

「申しわけございませぬ」

土岐が光格天皇からは見えない位置ながら、平伏した。

「もう朝廷など潰してしまったほうがよいのかも知れぬ」

「それはなりませぬ」

泣きそうな光格天皇を土岐が決死の形相《ぎょうそう》で止めた。

「朝廷は、いえ、皇室は天下すべての者どもの心を支える柱でございまする。皇室がなくなれば、臣民は拠《よりどころ》を失いまする。そして、心の拠を失った者どもは、人としての思いやりを捨て、物欲を求めるだけの餓鬼《がき》に堕ちまする」

「餓鬼に堕ちる……」

光格天皇が繰り返した。

「なんとしてでも皇室は続かねばなりませぬ。千年、いえ、万年も」

土岐が必死で説得した。

「酷いの、そなたは」

小さく光格天皇が呟いた。

「朕にそのような責を負わせるとは」

「今上さま……」

力のない光格天皇の声に、土岐が泣いた。

「他人に傅《かしず》かれる者の義務……か」

「………」

もう土岐はなにも言えなかった。

「土岐、早急に禁裏付と話がしたい」

「畏れ入ります る」

光格天皇の要求に土岐は吾が意を得たりと喜んだ。

「朕が謝そう。それで二条の失態をなしにできるとは思わぬが、少しでもましになろう」

「とんでもございまへん。今上さまのお言葉をいただいただけで、典膳正は、いや越中守は、感涙にむせび、決してそれ以上のものを求めなどいたしませぬ。もし、つけあがるようならば、それこそ幕府を糾弾する材料にできましょう」

土岐が勢いこんだ。

「幕府を糾弾……してどうするのだ」

「…………」

光格天皇に問われた土岐が詰まった。

「朕が徳川から征夷大将軍を取りあげると命じて、それに従うのか」

「…………」

「徳川を朝敵に指定し、討伐の詔《みことのり》を出して、どこの誰が軍を出す」

「…………」

あきらめきった光格天皇に土岐は言葉を発することができなかった。

「武士を生みだしたとき、公家は滅んだのだ。吾が手を汚さず、他人に血を流すことを強制したとき、公家は力を捨てた」

光格天皇が土岐を見るように、廊下へと目を下げた。

「力を捨て、優雅を取った公家に残ったのは、血筋だけじゃ。世間がその血筋に価値を見いだしてくれているから、かろうじて朝廷は保てている。その血筋が愚かな者を生みだすだけになったと知れば、朝廷は最後の庇護を受けられなくなる」

「はい」

土岐は光格天皇の意見に同意した。

「日は任せる、禁裏付をここへ」

「かならずやお庭拝見いたさせまする」

光格天皇の命に、土岐がうなずいた。

四

百万遍の禁裏付役屋敷の前に、一人の公家が立った。

「ここや、怖ろしいのう。武家の巣窟《そうくつ》やというやないか」

連れてきた雑司に、公家が漏らした。

「旦那はん、大事おまへん。武家いうても犬やおまへん。いきなり噛みついたりはしまへんよって」

雑司が主人を宥《なだ》めた。

「門を潜った途端に、斬りつけられたりせえへんやろな」

「しまっかいな、そんなこと」

あまりに怖がる主人に雑司があきれた。

「ほな、声かけまっせ」

「……静かにな。あまり強う叩いて怒らせたらあかんで」

潜り門へ近づいた雑司に主人が述べた。

「……はあ」

情けないと小さく首を左右に振りながら、雑司が潜り門を叩いた。

「ちいとごめんやす」

「へい、なんですやろ」

禁裏付役屋敷に付いている門番小者が門脇の無双窓を開けた。

「南條蔵人が参りましたと屋敷の家宰をなさっておられるお方に通じていただけまへんやろうか」

雑司が名乗ったうえで願った。

「あいにく典膳正は出仕で留守しておりますねんけど」

主人がいないと門番小者が断った。

「承知しております。主はんではなく、お屋敷の差配をなさっておられるお方とお目にかかりたいので」

「用人はんにでっか。ちいと待っておくれやす」

門番小者が無双窓を閉めた。

「どうなった」

いつでも逃げ出せるようにと、かなり離れたところで様子を見ていた南條蔵人が雑司に尋ねた。

「今問い合わせてもろてます」

雑司が答えた。

「そうか」

南條蔵人が少しだけ力を抜いた。

「お待たせをいたしました。用人ではなく、差配している者で」

門番小者が戻って来た。

「当家の内向きを預かっております。布施弓江でございまする」

潜り戸が開いて、なかから弓江が出てきた。

「えっ」

「なんと」

歳老《とし》いた武家が出てくると思っていたら、京でもそうそう見られないほどの美形が現れた。雑司と南條蔵人の二人が唖然とした。

「……ご用件は」

立ったままの二人に、弓江が首をかしげた。

「あ、ああ……旦那はん」

最初に雑司が吾を取り戻した。

「えっ、あっ、そうだの」

言われた南條蔵人がようやく落ち着いた。

「布施と申したかの。麿は従六位下南條蔵人であるぞ」

無位無冠の女に畏《かしこ》まれと南條蔵人が最初に命じた。

「お初にお目にかかりまする」

ていねいに弓江が腰を屈めた。

「御用を承りとう存じまする」

すっと背筋を伸ばして、弓江が問うた。

「むっ」

さすがに土下座を求めてはいないが、許しなく頭をあげたことに南條蔵人が不服そうな顔をした。

「ちいと頭《ず》が高いのと違いまっか」

南條蔵人の機嫌を察した雑司が弓江に忠告した。

「主の留守を預かっておりますれば」

弓江が鷹矢の代理としてここにいると応じた。

代理はその主の格を持つ。従六位に相当する蔵人より、禁裏付となったことで従五位の下にあがった鷹矢の方が格が高い。代理としてではなく、普通に使用人あるいは身内として接したのならば、弓江が遠慮しなければならない。しかし、今回は代理だと言明している。弓江が卑屈になれば、鷹矢を貶《おとし》めることになった。

「……さようで」

雑司は下がるしかなかった。

「ご用件は」

もう一度弓江が尋ねた。

「……ここに娘がおるはずじゃ」

不機嫌なまま南條蔵人が言った。

「娘……歳ごろのとなりますと、何人かおります」

わざと弓江が曲解した。

「違うわ。麿の娘がおるやろう」

「卿の姫さまが……」

怒った南條蔵人に弓江が怪訝な顔をした。

「南條温子じゃ」

「ああ。わたくしの前にこの屋敷の内証をなさっていた」

南條蔵人の出した名前を弓江は知っているとうなずいた。

「温子を出せ」

「先日、当家をお辞めになりましたが」

前に内証をやっていた、先日鷹矢のもとを去った。ただ、どちらもすべてを話していないだけで、真実である。弓江は堂々と告げた。

「……うっ」

後ろ暗い様子のない弓江に、南條蔵人が詰まった。

「当家におられると言われる理由を伺ってもよろしゅうございますか」

「二条家さまにもおらぬ、我が屋敷にも戻っておらぬ。となれば、ここしかなかろう」

南條蔵人が言い張った。

「お姿を確認なされたのでございますか」

「……そうじゃ、見た」

さらに追及を重ねる弓江に、南條蔵人が認めた。

「いつでございましょう」

「そんなものいつでもよかろう」

弓江の確認を南條蔵人が手を振って拒んだ。

「いいえ。そうは参りませぬ。御覧になられていたのならば、真実でございましょうが、さもなくば禁裏付への誣告《ぶこく》となりまするる。ここははっきりいたさねば……」

「き、昨日、この前を通ったときに、門から奥が見えて、そこに娘が……」

厳しい弓江に、南條蔵人が話した。

「昨日の、何刻でございましょう」

「そこまで覚えてないわ」

「昨日のことでございますよ。それさえ定かでないお方が見たと言われても……」

「昼じゃ、昼」

信用できないと否定された南條蔵人があわてて加えた。

「おふざけはお止めいただきましょう」

弓江の声が氷のように冷たくなった。

「なっ」

「昨日は、典膳正が出仕してから帰宅するまで、大門は一度も開かれておりませぬ」

「そ、そうであったかの。では、一昨日であったのかも」

断言された南條蔵人が覚え違いに逃げようとした。

「いつであろうとも同じでございまする。武家の大門は当主の出入り、正客以上のお方のお出迎え以外で開かれることはございません」

弓江が逃げ道を塞いだ。

「見たのは麿ではない。麿の知り合いが、朝、典膳正どのお出かけのおりに……」

「…………」

さらなる言いわけを重ねようとした南條蔵人が、弓江の目を見て口をつぐんだ。

「あくまでも当家に難癖をお付けになるおつもりでございますね」

「…………」

「南條蔵人さまと仰せでございました。主が帰りましたら、あらためてご挨拶をさせていただきまする。では、お引き取りを」

弓江が南條蔵人を無視して一礼し、背を向けた。

「ま、待ってくれ」

南條蔵人の顔色が変わった。

鷹矢に報告されれば、どうなるかは公家ならば誰でもわかる。禁裏目付をわざわざ呼びだしたのだ。無事にすむと思うほうがまちがっていた。

「その者の、か、勘違いやも知れぬ。行方知れずの娘を案じる余り、不確かな噂にすがってしもうたのだ。悪気はない」

南條蔵人が情に訴えた。

「それが当家になにかかかわりでも」

背を向けたままで弓江が反した。

「親の情を……」

「笑わせないでいただけませぬか」

ようやく弓江が振り向いた。

「南條弾 正 尹《だんじょうのかみ》さま」

「……それをっ」

前官名を弓江が言い、南條蔵人が驚いた。

「己が出世するために娘を売った親に、情だと」

弓江が憤っていた。

今でこそ、当初の感情は逆転しているが、弓江も温子と同じであった。主君若年寄安藤対馬守が鷹矢を制する猿轡《さるぐつわ》代わりにと弓江は許嫁として送りこまれた。

弓江も武家の娘だけに、婚姻が家と家の都合で決められるものだと覚悟していた。妻として嫁し、子を産み、育てて代を継いでいく。それが武家の娘の宿命だと思いこんでいた。

しかし、実際は家と家のためどころか、男を繋ぎ止めさえすればいい、つまり身体で籠絡《ろうらく》せよと命じられたのだ。遊女と同じだと弓江は憤り、己の運命と主家を呪った。

その弓江が同じ境遇の温子に感情移入しないはずはなかった。

「……………」

「お帰りを」

慇懃《いんぎん》に弓江が頭を下げた。

悄然と南條蔵人が踵を返した。


潜り戸から禁裏付役屋敷へ戻った弓江の前に、温子が深々と礼をしていた。

「お止めなさいまし」

弓江が温子に手を振った。

「いいえ。父が迷惑を、いえ、あたしが……」

温子が泣き声を出した。

「たしかに迷惑でございまする」

弓江がきつい声で温子を糾弾した。

「すみませぬ」

温子はますます恐縮した。

「……お世話になりました」

一度顔をあげて弓江と目を合わせた温子がふたたび頭を下げた。

「………」

そのまま潜り戸へ温子が手をかけた。

「あなたも阿呆の一人なのですね」

弓江があきれはてたという声を出した。

「阿呆……」

「わかりませんか。迷惑をかけたまま出ていく。それでは当家に対する償いはどうなさるおつもりでございますの」

啞然とした温子に弓江が指を突きつけた。

「十分に補償ができたとわたくしが言うまで、弁済していただきましょう」

「……はい」

涙を流しながら温子がうなずいた。

南條蔵人は弓江にあしらわれたその足で二条家屋敷を訪れ、松波雅楽頭へ次第を報告した。

「……それですごすごと帰ってきたんか。役立たずにもほどがある」

松波雅楽頭が大きくため息を吐いた。

「すんまへん」

どちらも昇殿できない端公家である。正確には、二条家の家宰である松波雅楽頭より、朝廷の役人である南條蔵人のほうが格上だった。しかし、実際にどちらが力を持っているかといえば、五摂家の家宰である松波雅楽頭が上になった。

「なんで門を蹴破ってでも屋敷に入れへんかってん。娘を見つけさえすれば、禁裏付を悪者にできたんやぞ。嫁入り前の娘を親の了承もなく、屋敷に閉じこめていたと」

「そんな無茶な。武家の屋敷に押し入るなんて怖ろしいまね、ようしまへん」

松波雅楽頭の策を南條蔵人が勘弁してくれと拒絶した。

「肚のないやつやな。まったく話にならへん。次の朝議で役を解かれる覚悟をしとき」

「約束が違います。娘を禁裏付に差し出せば蔵人にしてくれるちゅうから、温子を差し出したんでっせ」

南條蔵人が文句を言ったのは当然であった。娘を武家のところへやる。それは綺麗な身体ではなくなるということである。実際は手出しを受けていなくても、公家のなかではもう娘は傷物扱いになり、少なくとも良縁はあきらめなければならない。

美しい娘を産み、その美貌を格上の公家に見そめられる。娘の引きで実家が出世する。それが下級公家の儚《はかな》い望みなのだ。温子はまさにその夢を果たすだけの娘に育っていた。

「なにを言うか。その娘が裏切ったんやで。親が責任取るのが筋やろう」

松波雅楽頭が苦々しい顔をした。

「……………」

南條蔵人が俯いた。

「もう一回、機をやる。明日、典膳正が出仕するときに、屋敷へ突っこみ」

「やらなあきまへんか」

「せえへんねやったら、位階だけになるで。役目はなしや」

嫌がる南條蔵人に、松波雅楽頭が告げた。

公家にとって位階はついて回って当たり前のもので、位階を持っているからといって収入がどうこうなるものではない。弾正尹とか蔵人とかという役目が金を生むのだ。もちろん、役目によって金の多寡は変わるが、ないよりはましであった。

「……わかりました」

南條蔵人が首肯した。

「門内に入ったら、娘を探せ。で、見つけたら大声で叫び」

「大声で……なんと叫びまんねん」

「人攫《ひとさら》いや」

松波雅楽頭が口の端をつりあげた。

「なんで、そんなまねを」

「禁裏付役屋敷の前に、人を集めておく。そこで人攫いという叫びが聞こえてみ。いかに禁裏付でも、ごまかしはでけへんなる。禁裏付が人攫いと噂されたとなれば、所司代も放っておかへんはずや。知ってるか、今の所司代戸田因幡守と禁裏付の飼い主松平越中守は敵同士やねん。越中守に傷を付ける好機を因幡守は見逃さへん」

尋ねた南條蔵人に、語った松波雅楽頭がほくそえんだ。

第五章　親子の壁

一

禁裏付役屋敷の夕餉は賑《にぎ》やかになっていた。

枡屋茂右衛門と土岐が、ほぼ毎日夕餉を共にするようになったからであった。

絵師というのはその日の筆の滑りで、泊まりがけになることもある。それこそ、襖に描く鶴の足の線を決めるために何日もかけるのだ。決まった刻限に家へ帰るなどまずない。

「夕餉はどうしている」

「隠居の身でっさかいなあ、遅う帰って膳《ぜん》をとは言い難いもんでっさかい、台所で冷や飯に湯かけて梅干しか塩昆布をおかずに……」

ふと問うた鷹矢に枡屋茂右衛門が頭を掻いた。

錦市場でも名門だった青物問屋を弟に譲り、絵師に専念した枡屋茂右衛門は隠居という形になっている。隠居は当主に遠慮するのが決まりであり、あまり無理は通せない。

「妻も亡くなってしまいましたしなあ。あいつでもいてくれれば、帰ってからでも温かい湯漬けくらいは出してくれますねんけど」

枡屋茂右衛門が目を閉じた。

「弓江どの、今日より枡屋の夕餉もお願いする」

「はい」

「えっ、そんなん悪いですがな」

枡屋茂右衛門が鷹矢の好意を遠慮する前に、弓江がうなずいた。

「わいも一人暮らしでんねん。帰ってから冷や飯に塩かけるだけの飯は味ないでっせ」

これを知った土岐が甘えてきた。

「二人も三人も同じですわ」

弓江があっさりと受け入れた。

「では、せめて一緒に片付けよう」

本来武家は家族といえども別に食事をすませる。当主が膳を並べるのは、嫡男だけであり、隠居してしまえば父といえども別になった。

まだ嫁をもらっていない鷹矢に嫡男はいないので、ずっと一人での食事であったが、そうなると鷹矢の膳、枡屋茂右衛門と土岐の膳と二度にわたって用意しなければならなくなる。人手の足りない禁裏付役屋敷としては、かなりの面倒になる。そこで鷹矢は三人での食事を言い出した。

「身分が……」

とんでもないと手を振りかけた枡屋茂右衛門を鷹矢が説得した。

「いろいろな京の話を聞かせて欲しい。枡屋ならばよく知っていよう」

広橋中納言が二条大納言の指示でおこなった策も、鷹矢が京の風物に通じていれば封じることができた。

「……典膳正はんの御身にかかわるとあれば」

こう言われては断れない。枡屋茂右衛門が納得し、三人での夕餉が始まった。

「今宵は粕汁と鮎の佃煮、青菜のお浸しでっか。ごちそうや」

膳の上を見た土岐が喜んだ。

京の伏見には酒蔵が多い。そのため酒粕が豊富に出回り、値段も安かった。

「ということは、本日は南條の姫さんでんな」

土岐が調理したのは温子だと読んだ。

酒粕は酒蔵でなければ生産できなく、江戸ではまず手に入らない。入らないわけではないが、輸送の手間や希少性もあって結構な金額になる。武家では旬でない食べものに高額な費用を出すことを贅沢の最たるものとして嫌う。ちなみに初鰹《はつがつお》に馬鹿のような値段を出すのは、旬という言いわけがついているからだ。

酒粕はまず武家の家では料理として出されることはなく、せいぜいが領地の酒蔵からの献上品をそのままあぶって酒のつまみにするくらいであった。

「ふむ」

鷹矢がほんの少しだけ眉をひそめた。

「まだ慣れはれまへんか、典膳正はん」

枡屋茂右衛門が苦笑した。

「いや、南條どのの調理がどうだというのではないのだ。ただ、どうしても味付けがの……」

気まずそうに鷹矢が言いわけをした。

「江戸のかたはなんでも醬油かけはりますよって、京の味では物足りまへんねやろ」

土岐が笑った。

「…………」

肯定すると温子の食事に文句を付けることになり、否定すれば嘘を吐いたことになる。鷹矢は黙って箸を持った。

「慣れ親しんだ味がええのは、当たり前で。気にしはることはおまへん。勅使や院使やと江戸へ行かはったお公家はんは皆、食いものが醬油辛《かろ》うて食えたもんやないと言いはりますわ。将軍がお出しするお膳にですよ」

枡屋茂右衛門が鷹矢を慰めた。

毎年正月に、朝廷から江戸幕府へ新年の祝賀を述べる天皇の使い、勅使が出された。正式には、幕府から朝廷へ出された慶賀使への返礼であるが、従四位あたりの公家を江戸へ下向させ、この一年も天下の平穏を守るようにと命じる。

その勅使に選ばれるのはたいへんであった。名誉なことでもあるが、なによりも実入りの大きさに、皆血眼《ちまなこ》になった。

勅使は天皇の代理であり、その格式は将軍でさえ遠慮する。それこそ、ちょっとした大名では、勅使の機嫌を損ねれば大事になった。

「勅使への無礼は尊きお方へのものと同じである。今回のこと、とくと将軍家へ申し付けなければならぬ」

怒らせて、告げ口でもされようものならば家の存亡にかかわる。

赤穂浪士《あこうろうし》討ち入りで有名な浅野内匠頭長矩《あさのたくみのかみながのり》の殿中刃傷即日切腹では、勅使、院使の通るべき松の廊下を血で汚したというのが、大きな罪状としてあげられたほどである。

さすがに浅野内匠頭の二の舞はないだろうが、謹慎、登城停止からの転封、減封くらいはありえる。

そうなってはたまらないので、勅使が江戸下向で進む街道を領地に含む大名は、その機嫌を取る。

五百石あるかないかの貧乏公家を籠絡するには、金がもっとも効果を発揮する。

「これはご挨拶代わりでございまする」

休憩、食事、宿泊、どのような理由でも行列を止めれば、即座にそこの藩の家老職が金包みを持って挨拶に来る。

「大義でおじゃる」

そう言うだけで、何両もの金が手に入る。

「御三家の尾張どのは黄白十枚というご挨拶でおじゃったが……そなたのところは」

金包みを開いて思ったよりも少なければ、嫌味を加えた強請《ゆす》りで増やす。

これを往復でやるのだ。

さすがに往復で二度になると金額が減るので、酷《ひど》い公家になると行きは東海道、帰りは中山道と経路を変えたりもした。

さらに江戸に滞在している間にも、京の話を聞きたがる商人や、公家との繋がりを得にくい奥州や羽州などの大名が音物《いんぶつ》を持って訪れる。

勅使あるいは院使を一度やれば、二百両から三百両の儲けになった。

まさに公家垂涎《すいぜん》の役目であったが、果たして帰ってきた者が一様に口を揃えるのが、江戸の食事への不満であった。

「そうなのか」

鷹矢は枡屋茂右衛門の慰めに、少しだけ気が楽になった。

「いやあ、贅沢でんなあ。粕汁のなかに入っているのは、鮭と違いまっか」

むさぼるように食べていた土岐が、箸で赤身のある魚をつまみ上げた。

「はい。鮭を少々使ったと調理した者が申しておりました」

給仕をしていた弓江が認めた。

「鮭かあ、何年振りやろう。十年は見てまへんわ。ありがたい、ありがたい」

土岐が鮭の身を押しいただいた。

「主上《おかみ》もお好きですねん、鮭」

口に入れる前に、土岐がしみじみと言った。

「帝がお好み……その割に鮭どころか魚の購入を口向の書付で見ていないな」

ふと鷹矢が思い出した。

「鮭とか干物は、決まったところからの献上ですわ」

土岐が教えた。

「そうなのか」

「はいな。さすがに主上のお口に入るものを、その辺の市場で買うわけにはいきまへんやろ。ああ、魚の話でっせ。菜は日持ちせんさかい、市場でその日のぶんだけ手配しますけどな」

問い返した鷹矢に土岐が答えた。

「典膳正さま、京は江戸と違って海が遠いのでございますよ」

枡屋茂右衛門が付け加えた。

「京へ生の海魚が入ってくることはございません。皆、塩をしたものばかり」

箸を一度置いて枡屋茂右衛門が続けた。

「そのため、どうしても市中の魚屋に入るものは、一定しませぬ。不漁で品物がないとか、良い魚が大坂の商人に買い占められて、京へ届いたのは質の悪いものばかりとか、かなりの頻度でこういった事態になりまする」

「なるほどな」

あらためて鷹矢は理解した。

江戸は目の前が良好な漁場として知られる江戸湾である。大坂の雑喉場《ざこば》と並ぶ日本橋の魚市場もある。そのお陰で漁獲量も豊富であり、毎日将軍家へ魚河岸から新鮮な魚が献上されている。鷹矢の家でも、毎日とはいかないが月に何度かは魚が出る。生で喰うというわけにはいかないが、干物のような塩を利かせたものではなかった。

「主上にそのようなものをお出しするわけにはいきまへんやろ」

「たしかにな」

土岐の説明で、鷹矢は納得した。

「ごちそうはん」

お代わりをすることなく土岐が食事を終えた。

「もういいのか」

鷹矢が驚いた。

「年寄りでっせ。そんなに喰えまへんわ。それにこんなええもん、長いこと口にしてないので、これ以上食べたら、お腹《なか》がびっくりしまんがな」

茶を喫しながら土岐が述べた。

「そうか。では、少し待ってくれ。拙者はまだ足りぬでな」

鷹矢は三膳目のお代わりをした。

武家は米をよく喰った。なにせ現物を支給されているのだ。

基本、武家は領地からの年貢か、主君から給される扶持米で生活をしている。その米から一年で消費するぶんを除いた残りを旗本ならば札差《ふださし》に預けて金に替え、主食以外のものを買うのだ。

つまり米以外を喰えば金が要る。米で腹を膨らませてしまえば、金を遣わなくてもすむ。

結果、武家は米を腹一杯喰うようになった。

「……馳走であった」

「おそまつさまでございました」

茶碗を置いた鷹矢に、弓江が一礼をした。

「典膳正はん、ちょっとよろしいでっか」

普段ならば食事を終えたら帰る土岐が、鷹矢に話をしたいと求めた。

「……ああ」

「では、わたくしはこれで」

首肯した鷹矢に、枡屋茂右衛門が部外者として席を外そうと腰を浮かせた。

「待っとくれやす。若冲さんにも同席してもらいたいんですわ」

土岐が止めた。

「わたくしが伺ってよいお話でございますか」

枡屋茂右衛門が戸惑った。

「へえ。お願いしますわ」

土岐が願った。

「…………」

「よいぞ」

目で許可を求めた枡屋茂右衛門に、鷹矢はうなずいた。

「おおきに」

鷹矢と枡屋茂右衛門へ土岐が礼を述べた。

「わたくしは下がり、廊下に控えておりまする」

弓江が他人を近づけないと告げた。

「頼む」

鷹矢が弓江を見た。

「……さて」

弓江が出ていくのを待って、土岐が口を開いた。

「典膳正はん、明後日の昼過ぎにお庭拝見をしてくれまへんか」

「お庭拝見……」

「それはっ」

土岐の発言を聞いた二人は真逆の反応をした。

鷹矢は意味がわからず怪訝な顔をし、枡屋茂右衛門は驚愕で目を大きくした。

「やっぱりご存じやおまへんか。まったく越中守はんももうちょっといろいろ教えてから、京へ寄こしてくれはったらよろしいのに」

小さく土岐が嘆息した。

「この間も言いましたやろ、主上とお話をと」

「まさか、お庭拝見は今上さまへのお目通り……」

そこまで言われて鷹矢も思い出した。

身分で直接天皇と謁見できないものは、御所の庭を見学している最中に偶然光格天皇が通りかかるという形を取って、非公式な目通りをすると土岐から教えられていた。

その後、水戸藩のこと、広橋中納言とのやりとりなどもあり、鷹矢はすっかり忘れていた。

「今日、主上からお声がかかりましてん」

「主上から……」

「畏れ多い」

土岐の説明を聞いた鷹矢と枡屋茂右衛門が息を呑んだ。

「会ってみろとそなたは申したが、こう急に話が調《ととの》うとは思ってもいなかった」

鷹矢が素直な感想を言った。

「たしかにそうですわな。会えと言うたんわたいですわ。すぐにでもと申してましたが、そう簡単にいくとは思ってまへんでしたけど……」

一度土岐が言葉を切った。

「……事情が猶予を許さへんようになりましてん」

「事情というか。二条のことだな」

枡屋茂右衛門の前でも鷹矢は敬称を付けなかった。

「はあ、二条さまが要らんことしはったんですな」

そこから枡屋茂右衛門が裏を悟った。

「さすがは、若沖はんや。だてに公家やお寺に出入りしてはれへん」

「褒めてないぞ、それ」

土岐の感嘆を鷹矢は否定した。

「で、わたくしになにをさせたいというのでございますかな、仕丁はん」

枡屋茂右衛門が土岐を見つめた。

「それでんねん。夕餉の前に、あのきっつい江戸の女《おなご》はんから、お話がおましたやろ」

「南條蔵人どののことか」

土岐の確認に鷹矢は嫌な顔をした。

南條蔵人が温子を取り返しに来たというのを、鷹矢たちは弓江から報告を受けていた。

「そうでんねん。典膳正はん、あれで南條蔵人はんは、いや、二条はんはあきらめるとお思いで」

「いいや、また来るだろう。一度あしらわれたくらいで、あきらめるような相手ならば、こんなに面倒ではない」

土岐の疑問を鷹矢は認めた。

「わかってはりまんな。そしたら、次はどうくると」

「むう」

言われて鷹矢は唸った。そこまで鷹矢は考えていない。

「臨機応変に対応すればよいと思っているのだが」

「……これですわ。どう思いはります、若沖はん」

行き当たりばったりでと答えた鷹矢から枡屋茂右衛門へと、土岐が目を移した。

「素直なお方ですな」

枡屋茂右衛門が苦笑した。

「若沖はんやったら、どないしはります」

「わたくしが二条さまだとしたらですか……そうですなあ。もう一度南條蔵人はんを使いますな」

「南條蔵人どのを……」

土岐の問いに答えた枡屋茂右衛門へ鷹矢が首をかしげた。

「同じことを繰り返すだけではないか」

「ちょっとだけ違いまする。南條蔵人はんの来る刻限を変えるのでございますよ。たとえば、典膳正さまが出仕なさるときとか、お帰りのときとか」

「大門が開いているときか」

鷹矢が悟った。

「はい。典膳正はんは駕籠のなかです。行列の従者、門番、どちらも京の者。南條蔵人はんが押し入ろうとしたのを、よう止めません。止めれるのは檜川はんか、布施弓江さまだけ。そのお二人をかわしてしまえば、屋敷のなかに入るのは容易。そして屋敷に入れば、南條の姫さまを見つけるのはさほどの難事ではございますまい」

「むう」

枡屋茂右衛門に語られた鷹矢は腕を組んだ。

「そこで人攫いとか、娘を拐《かどわ》かしてなにをするつもりだとか、娘を傷物にされたとか、大声でわめかれたら、どうなります」

「そんなことはしていない」

鷹矢があわてて否定した。

「わたくしどもは典膳正はんが、そんなお方やないと知っておりますが、そうでない者のほうがはるかに多いのでございますよ。そして、事実南條の姫さまは南條蔵人さまの娘御でございまする。親の言葉を世間は信じましょう」

「なんと」

世間は鷹矢を信じないと言われたに等しい。鷹矢が不満げな顔をした。

「そのさまを京の公家、民、そして所司代が見ていたとしたら、どうなりまする」

「……所司代」

公家や庶民よりも所司代がまずい。鷹矢は戸田因幡守が己を見るときの目つきを思い出した。

「喜びまっせ、所司代は。典膳正はんの失敗は松平越中守さまの足を引っ張りますよってな」

土岐が付け加えた。

「それはいかん」

鷹矢が思わず大きな声を出した。

松平越中守定信への忠誠心など鷹矢は欠片も持っていない。ただ、八代将軍吉宗の孫という血筋と老中首座という権力に従っているだけであった。

もちろん、松平定信も鷹矢のことを腹心として遇してなどいない。つごうの良い駒として使っているだけなのだ。

松平定信でなくとも、権力者というのは無情なものである。己の役に立つ間は使い倒し、役に立たなくなったら忘れ去る。そして、己の足を引っ張るとあれば、遠慮なく潰す。

これが権力者であり、尽くしてくれた者でもあっさりと切り捨てられなければ、権力の中心まで登りつめるなど無理であった。

「吾が、いや、東城の家が……」

旗本にとって家こそすべてであった。家があるからこそ、禄がもらえ、先祖の功績が今に続いている。家がなくなれば、子孫は喰えなくなり、先祖が立てた手柄は忘却の彼方へと追いやられてしまう。

「そうでんな」

土岐が冷静に同意した。

「それをわたくしに防げと、仕丁はんは言われる」

「話の早いお方は好きでっせ」

確かめるように言った枡屋茂右衛門に、土岐が笑いかけた。

「南條の姫さまをお預かりしましょう」

枡屋茂右衛門が告げた。

「いや、それではあきまへん」

鷹矢のもとから温子を放してしまえば、南條蔵人が屋敷に入りこもうがどうしようが、いくらでもごまかしがきく。枡屋茂右衛門の発案は当然のものであった。

それを土岐は否定した。

「なぜだ」

鷹矢が問うた。

「まず一つめは、絶対に気付かれず、南條の姫はんを錦市場まで連れて行けるかどうかですわ」

「そうか、当屋敷は見張られている」

土岐の否定した事情を鷹矢は悟った。

「それもおますけどな、典膳正はんと若冲はんは仲良しや。姫さんがいなくなってたら、最初に疑われるのは枡屋でっせ」

「わたくしならば、別段……」

「わかっていながら、ごまかすのはいただけまへんなあ、若冲はん」

手を振ろうとした枡屋茂右衛門を土岐が遮った。

「思惑を外された所司代はんが、見逃してくれまっか。それこそ錦市場ごと潰されますやろ」

「……………」

核心を突かれた枡屋茂右衛門が黙った。

「それはいかぬな」

家は重い。だが、それをかかわりのない錦市場の者にまで及ぼすわけにはいかなかった。

鷹矢が拒んだ。

「ところで、典膳正はん。禁裏目付はんとしての意見を聞きたいんでっけどな。禁裏付役屋敷に押し入った公家はどうなりますねん」

土岐が尋ねた。

「ゆえなく押し入ったなら、その身を捕縛して取り調べたうえ、江戸へ報告して裁断を仰ぐことになろう」

　鷹矢が告げた。

　禁裏付にしても幕府目付にしても、監察という役目は捕縛して取り調べるまでが役目であり、罪人を死罪にするとか家を潰すとかの判断は、評定所に託された。

「丸投げでっか」

「いいや、悪質だったので取り潰しが相当だとか、軽微で事情もあるので重罪に処すのはいかがなものかとかといった意見書は付けられるぞ」

　捕まえてしまえば、後は江戸の考えですべて決まるのかと問うた土岐に、鷹矢が首を横に振った。

「それも当然でございますな。なにせ、もっともよく知っている者は、担当したお目付さまですから」

　枡屋茂右衛門が納得した。

「……典膳正はん、越中守はんは、その意見に従いはりますやろか」

　土岐が確認を求めた。

「相手によるだろうな。越中守さまが邪魔だと思っておられる相手ならば、意見書なんぞ読まれもしまい。考えられたとおりの裁断をくだされよう。今の御用部屋は越中守さまの思うがままだ」

鷹矢が否定した。

松平定信は、田沼意次を追いおとした後、その影響力を徹底して幕閣から排除した。と同時に、己の腹心を引きあげ、老中などにして基盤を強固なものとしていた。

「上様がお口を出されることは……」

「ないだろうな。上様のもとまで報告をあげるかどうかは御用部屋の判断、禁裏付には目付のような、将軍家へ直接ご意見を申しあげる権はない」

さらに訊いた土岐に、鷹矢が付け加えた。

当たり前といえば当たり前である。江戸城内にいる目付ならば、それこそいつでも将軍へ目通りを願えるが、京の禁裏付ではどんなに急いでも十日以上はかかる。十日もあれば、どのような状況の変化があるかもわからないのだ。

「どない思わはります。越中守さまは、南條蔵人はんを……」

最後まで土岐は言わなかったが、なにを言いたいのかは鷹矢だけでなく枡屋茂右衛門にもわかっていた。

「生かしておかれるだろう。言いかたは悪いが、南條蔵人どのを殺したところで、越中守さまに得られるものはない。どころか失うほうが多かろう。公家の評判が悪くなる、情のない者としてな。そして、公家というのは強硬な武家に対し、いきさつを置いて一つになり抗う気風がある。そうであろう、枡屋」

土岐では答えにくいと考えた鷹矢は、枡屋茂右衛門へ顔を向けた。

「お公家はんだけやおまへん。いつも外から来る力によって、ほしいままにされてきた歴史を京は持ってますする。場合によっては商人も敵になりましょう」

枡屋茂右衛門がうなずいた。

「それくらいのこと、越中守さまがお気づきになられぬはずはない」

鷹矢が断言した。

「ほなよろしい」

肩の力を土岐が抜いた。

「若沖はん、お願いしたいというのは、しばらくここへ泊まりこんでいただきたいんですわ」

「……お屋敷へ」

　土岐の願いに、枡屋茂右衛門が怪訝な顔をした。

「南條蔵人はんの邪魔をして欲しいんですわ」

「……なるほど。六位とはいえ、南條蔵人はんは公家、門を侵しても行列の連中は止められない」

「行列は日雇いの神人でっさかいな。公家と神社のかかわりは深いだけに、南條蔵人はんがどけというたら、どきますわ。それはよろしい。ことはここからですねん」

　枡屋茂右衛門の感想に、土岐が首を縦に振った。

「檜川に押しとどめさせるぞ。檜川ならば相手が五摂家でも気にすまい」

　武家にとって、主君の命は絶対である。鷹矢がわざわざ枡屋茂右衛門の手を借りずとも、南條蔵人を門内に入れないと言った。

「入ってもらわなあきまへんねん」

「……どういう意味だ」

　首を左右に振った土岐に、鷹矢が疑問を感じた。

「外で騒いだくらいでは罪に問えまへんやろ」

　土岐が淡々と言った。

「わざとなかに入れる……それはいいが、もし南條どのが……ややこしいな。温子どのが見つかればまずかろう」

鷹矢が温子を名前で呼んだ。

「そこで若冲はんの出番ですわ。南條蔵人はんをご存じですかいな」

土岐が枡屋茂右衛門へ質問した。

「いえ、面識はございません」

「向こうはんは、どうですやろ」

知らないと述べた枡屋茂右衛門に、土岐が重ねて訊いた。

「枡屋茂右衛門の名前は知らなくとも、伊藤若冲の名前は京で知れ渡っております」

ぐっと枡屋茂右衛門が胸を張った。

「ですわな。五摂家や宮様ともお付き合いのある若冲はんや、六位の蔵人くらいに怯えるようなことはおまへんわな。屋敷に入った南條蔵人はんを玄関あたりで取り押さえてもらいたいんですわ。南條蔵人はんも相手が若冲はんと知ったら、無茶もできまへんやろ」

「その間、温子どのはどうする」

「もう一人のきっつい女はんに抑えてもらっておくれやす。親子や、目の前で父親が己を探しに来ているとわかったら、つい情に負けて顔を出してしまうかも知れまへんやろ。一目だけでも会えば、父も安心してくれるとか考えて」

鷹矢の疑問に土岐が語った。

「ほんまやったら、典膳正はんに姫さんの身体を抱き留めてもらうのが、いっちゃんよろしいねんけど……。それやったら、姫はんもおとなしくしてますやろ」

土岐がにやりと笑った。

「嫁入り前の娘に、そんな無体ができるわけなかろう。かえって嫌がって暴れるぞ」

「……本気で言うてはりますんか」

違うと口にした鷹矢に、土岐が声を低くした。

「女が、親を裏切って男の危急を報せる。この意味がわからんほどの朴念仁《ぼくねんじん》でっか、典膳正はんは。それやったら、考えを変えなあかん。とても主上とお話をしてもらうわけにはいかへん」

険しい顔で土岐が鷹矢を糾弾した。

「…………」

「わかっておられるのでございましょう」

黙った鷹矢に枡屋茂右衛門が話しかけた。

「好意を抱いてくれている」

鷹矢が呟くように述べた。

「わかってはりまんねんな。ちなみにあのきっつい女はんのことも気付いてはりますか」

「布施どのだ。いい加減にその言いかたを止めよ」

土岐に確認を求められた鷹矢が苦い顔をした。

「よろしおました。女の気持ちもわからん朴念仁、あるいはわかっていて心にさざ波さえ立たない石部《いしべ》金吉《きんきち》やったら、つきあい止めるところでしたわ」

ほっと土岐が安堵の息を吐いた。

「どっちにしはりますねんと訊きたいとこですが、それは要らんお世話ですわな」

土岐が笑った。

「以上ですわ、お話は」

説明は終わったと土岐が手を叩いた。

二

二条大納言は松波雅楽頭を京都所司代へ向かわせた。

「大納言さまのお使いでございまするか」

さすがに五摂家の使者ともなると用人などに相手をさせるわけにはいかない。京都所司代戸田因幡守は松波雅楽頭との面談を受けた。

「お願いが……」

「明日の朝、百万遍の禁裏付役屋敷付近に出向けと」

松波雅楽頭の求めに、戸田因幡守が困惑した。

「きっとお役に立つと主が申しておりまする」

京でもっとも力を持っている相手へは、松波雅楽頭もていねいな態度で接した。

「わたくしの役に……百万遍と言えば、禁裏付役屋敷がござるの」

「はい」

確認した戸田因幡守に松波雅楽頭が短くうなずいた。

「禁裏付になにかござるのか」

「騒ぎが起こりましょう」

「どのような……」

「わかりませぬ。二条はかかわりないことでございますれば」

内容を訊いた戸田因幡守に、松波雅楽頭が首を横に振った。

「ふむ。なるほど」

公家とのつきあいも長い戸田因幡守が小さく唸った。公家はかかわりないという姿勢を崩さない。もっともあからさまに己の手柄で、それが利となるときは声高に騒ぐ。しかし、そうでなければ知らぬ顔をしたがる。

「参れば、わたくしに得があると」

「さようでございまする。騒ぎだけでなく、今後二条家は因幡守どのと親しいお付き合いをいたしたいと」

「……ほう」

さらなる条件の追加に、戸田因幡守が目を大きくした。

「わかりましてございまする。参りましょう」

「賢明なご判断に称賛を」

認めた戸田因幡守を褒めて松波雅楽頭が帰って行った。

「……二条と東城との決別は決まりのようだな」

残った戸田因幡守が、独りごちた。

「越中守の手の者を陥れるとあれば、余にとって大きな利になる。助けるか、追いおとすか、どちらでも禁裏付を手中に収められる」

助けることで鷹矢を寝返らせる、あるいは罷免させて、その後釜《あとがま》に戸田因幡守の息がかかった者を入れる。鷹矢が失敗したとあれば、さすがに松平定信も後任人事への口出しはできない。

「損はないな」

戸田因幡守がほくそ笑んだ。

朝議は雑談の場となっていた。いかにいろいろなことを決めたところで、朝廷に政をするだけの力などない。

「越前守《えちぜんのかみ》に任じる」

誰かに役目を振っても、越前は徳川家康の次男結城秀康《ゆうきひでやす》を祖に持つ越前松平家が支配しており、朝廷から派遣された越前守の指示など聞くはずもない。

官位や官職は、公家たちの名誉を満足させるだけの名目になり、朝議の決定は御所のなかでしか効果を発揮しない。

武家が天下を取った鎌倉以来、朝議は習慣を維持するためにおこなわれている儀式になっていた。

決めることがなければ、朝議はすぐに終わる。終わったからといって公家にすることはなく、屋敷に帰るだけなのだ。帰ったところでどうやって退屈を凌《しの》ぐかという問題が待っている。ならば、他人と話をしているほうがましと、公家たちは朝議を終えた後もそのまま残って御所で話をしていた。

「右大臣どのよ」

虎の間に戻った二条大納言は、近衛経熙の側へと近づいた。

「珍しいの、大納言が麿に声をかけるなど、雪でも降るのではなかろうな」

近衛経熙が敵対している二条大納言へ皮肉を投げた。

「……むっ」

一瞬、二条大納言の額に筋が浮いた。

「若いの」

それを見た近衛経熙が笑った。

「よい話を持ってきたのじゃがの。聞く耳を持っておらぬようでおじゃるな。邪魔をいたしたわ」

二条大納言が怒って背を向けた。

「悪い、悪かったでおじゃる」

近衛経熙が笑いながら詫びた。

「……………」

不満げながらも、二条大納言が足を止めた。最初は二条大納言から話しかけたのだ。多少からかわれたていどで怒っては、意味がなくなる。

「話というのは、右大臣どののもとに大坂の商人が出入りいたしておったよな」

「桐屋のことでおじゃるな」

問われた近衛経熙が認めた。

「役に立ちそうかの」

「……嫌味か」

言われた近衛経熙が不機嫌になった。

「錦市場のこと、耳にした」

「ふん」

具体的なことを口にした二条大納言に、近衛経熙が鼻を鳴らした。

どこで知ったとか、なぜだなどとは言わない。歴史のある名家には、いろいろな情報を届けてくれる者がたくさんいる。秘密裏に進められたと天狗になっているとしっかり足を掬《すく》われるのが常であった。

「大坂もんは、京《みやこ》のしきたりを知らんからの」

近衛経熙が苦い顔をした。

「ちいと手を貸してやろうぞ」

「……誰が手を貸すと」

二条大納言の言葉に、近衛経熙が不思議そうな目をした。

「麿が、この二条家当主の麿よ」

「……屋敷へ帰って、寝よ。熱でもあるのじゃろう」

近衛経熙がうさんくさそうな表情で言った。

「病ではないわ。麿にも思惑がある」

「ふうむ。聞かせよ」

声を重いものにした二条大納言を、近衛経熙が促した。

「ここでできるものではないぞ」

「屋敷へおじゃれとは言わぬ」

近衛経熙は桐屋から千両という金を預かり、その禁裏御用認可の手伝いをしている。禁裏御用の選定にかかわる公家たちを金で懐柔している最中なのだ。政敵を屋敷に招いて、その話を知られるのはまずい。

「こちらも同じでおじゃるわ」

二条大納言にしても近衛経熙を屋敷に入れるのは遠慮したい。もし、南條蔵人や温子が屋敷へ来たら、秘事を教えることにもなりかねない。

「なら話は早いわの……この刻限ならば、お庭は無人のはずや」

近衛経熙が先に立って虎の間を出ていった。

「あっ」

置いて行かれかけた二条大納言があわてて後を追った。

「なんや、あの二人が一緒なんて」

その様子を一条左大臣が怪訝そうに見送った。


虎の間を出た廊下での密談は珍しいことではないが、それが近衛と二条となれば意味が変わる。普段ならば興味を持たない連中でも、耳をそばだてる。

五摂家同士の悪巧みは耳目を集める。それを避けるため、近衛経熙は二条大納言を清涼殿奥の庭へと連れこんだ。

「昼餉前なら、主上もお見えにならん。それにここなら他人がそうそう来ぬし、来ても目立つ」

「安心して話ができるというわけか」

「そうや。もっとも二人で虎の間を出るところを見られているんや。今ごろ、皆、頭を集めてなんの話やと話題にしているやろう」

近衛経熙が口の端をゆがめた。

「まあ、いくら噂しようとも、実際がわからんかったら、すぐに消えるよってな」

気にするほどじゃないと、近衛経熙が手を振った。

「………」

二条大納言が目を剝いた。

「変か。公家は評判を気にする生きもの。それに麿は合わんか」

にやりと近衛経熙が笑った。

「安心したわ。卿はまだまだ麿の敵ではない」

「なにっ……」

嘲笑された二条大納言が目をつりあげた。

「噂に踊らされるようでは、とても摂政、関白にはなれん。噂を使いこなせるようになってこそ、公家の頂点に立てるんや」

「うっ……」

近衛経熙の迫力に、二条大納言が引いた。

「まあええわ。さっさと話をしようやないか。で、なにを手伝うてくれるっちゅうねん」

話をもとに戻そうと近衛経熙が促《うなが》した。

朝はいつもと同じ風景であった。

「では、行って参る」

玄関式台に置かれた禁裏付用の駕籠へと鷹矢が身を入れた。

「行ってらっしゃいませ」

一つ違っていたのは、見送りが弓江ではなく、枡屋茂右衛門に代わっていた。

「大門開け」

「へえい」

檜川の命に、門番小者が大門を開いた。

「発《た》ちまっせえ」

なにも知らない雇われ行列差配が号令をかけた。

「…………」

差配に続いて挟み箱を持つ中間、草履取りなどの小者が動き出した。

「なにしてんねん。さっさと行きいな」

二条家の雑司が、禁裏付役屋敷の大門近くで固まっている南條蔵人を急かした。摂家の雑司はどこでも主の権威を笠に着て、態度が悪い。

「しゃあかて、こんなことしたら捕まるがな」

「今更なにを言うてんねん。あんたはんは、雅楽頭さまへやると約束してたやないか」

雑司があきれた。

「ほら、さっさとし。門が閉まったら終わりやで」

「わかっている。わかっているがな……今日は調子が悪いよって明日にな。明日はかならずするよって」

苛立つ雑司に、南條蔵人が逃げを打った。

「ぼけてはんのかいな。蔵人はん」

雑司が氷のような声を出した。

「今朝やと言うたやろ。見てみい、周りを。普段と違うことに気付かんか」

「えっ……」

言われた南條蔵人がきょろきょろした。

「そういえば、あんなにたくさんの人は普段いいひん」

禁裏付の出仕刻限はほとんど決まっている。槍を押し立てて幕府の武威をひけらかして進む禁裏付の行列は、京の者に警戒されており、普段は数えるくらいしか人通りはない。

「あそこ見てみ」

雑司が指先で、禁裏付役屋敷から河原町通を挟んだ反対側の辻を指さした。

「……立派な武家駕籠やろ。所司代はんやで」

「所司代……」

雑司に言われて南條蔵人が震えた。

「今日は止めとくと言えるか」

「…………」

南條蔵人が黙った。

「行き。しやないと雅楽頭さまへ言いつけるで。二度目の失敗や、いくらやさしい雅楽頭さまでも許してくれはらへんわ。今度の朝議で蔵人は首や」

「わ、わかったがな」

雑司に引導を渡された南條蔵人が唾《つば》を飲んだ。蔵人の役目は朝廷の買いものを司る。

幕府でも同じだが、ものを買う権を持っている者に、商人は媚《こ》びを売る。南條蔵人に、金はもちろんのこと、商品などもくれるのは、その役目にあるからであり、外されれば明日から誰も近づいてなど来なくなる。

覚悟を決めた南條蔵人が禁裏付役屋敷の開かれた大門へと走り出した。

「何者か」

檜川が腰を落として迎え撃とうとした。

「六位の蔵人じゃ。どきやれ」

名前を言わず、南條蔵人が官位を叫んだ。

「蔵人さま……」

供頭《ともがしら》が引いた。

「なんと」

驚いた檜川も道を空けた。

その隙間を南條蔵人が縫った。

「……やるなあ。官位とはここまで力のあるもんなんや。一つ金で買えんかの」

見物していた町人の中央にいた桐屋が感心した。

「旦那、これ以上の無茶は勘弁しておくれやす」

桐屋の京における右腕、九平次《くへいじ》がため息を吐いた。

「なんでやねん。便利なものがあるんやったら、欲しゅうなるのは人として当たり前やろう」

桐屋が不思議そうに訊いた。

「商人が官位をもらったてな話、聞いたこともおまへん。歴史を紐解《ひもと》けばあるかも知れまへんが、少なくとも噂としてでも残ってないほど少ないっちゅうこってす。つまり、そんだけ難しい。禁裏御用のお許しをもらおうとしているときに、公家はんの顔を逆なでするようなまねをして、どないしまんねん」

京の店を預かっているだけに九平次は公家の逆鱗《げきりん》がどこにあるかをよく知っていた。公家にとって武家や商家が、格式で肩を並べるほど腹立たしいことはないのだ。

「それくらい金でどうにでもできるやろ。そうやな、どこぞの貧乏公家のとこの養子になれば、話は早いやろ。九平次、借財で首の回らん公家を探しておき」

「そんなもん、探さんでもそこいらに転がってまんがな」

早速に仕事を増やした桐屋に、九平次があきれた。

駕籠のなかというのは外から覗《のぞ》けないが、なかから外は思ったよりもよく見える。

「行ったな。果たして二条の思惑は当たるか」

戸田因幡守が、呟いた。

「手の者の配置は完了しておるな」

「いつでも合図一つで禁裏付役屋敷へ入りこむようになっております る」

駕籠脇に控えていた家臣が主君の質問に応じた。

「よかろう。では、茶番を見せてもらおう。越中守を追いおとすためのな」

戸田因幡守が真剣な目つきで禁裏付役屋敷を見つめた。

駆けてくる南條蔵人の姿を見た枡屋茂右衛門はため息を吐きながら、玄関前に控えた。

「まったく、あの仕丁は何者なんやろうな。あまりに当たりすぎや、策が」

枡屋茂右衛門は土岐の痩軀《そうく》を思い出しながら、警戒心を見せた。

「典膳正はんの敵ではなさそうやが、それもいつまでか。笑顔でお茶を飲みながら、どうやって相手の茶碗に毒を入れるかを考えているのが公家やからなあ」

公家の怖ろしさは、名分を持つというだけではなく表裏がまったくわからないところにあると枡屋茂右衛門は理解していた。

「どきやれ、どきやれ」

南條蔵人が玄関へ近づいてきた。

「あきまへん」

枡屋茂右衛門が立ちはだかった。

「邪魔する気いか。麿は六位の蔵人やで。無礼は許さぬ」

開き直った南條蔵人が、枡屋茂右衛門に言い放った。

「蔵人さまでございますか。わたくしは伊藤若冲と申す者で」

「……げっ」

名乗りを聞いた南條蔵人が驚いた。

「今ならなにもなかったことにできまする。典膳正さまはまだ御駕籠のなかです。騒ぎには気付いてはりますやろうけど、見てはりません。どないにでもごまかしはできます」

さっさと帰れ、後始末はするからと枡屋茂右衛門が勧めた。

「…………」

一瞬、鷹矢の乗る駕籠の様子を見た南條蔵人が瞑目した。

「あかん、麿は帰られへんのや。どいてくれ、若沖はん」

南條蔵人が頼んだ。

「通せません。蔵人さまにもつごうがありますように、こっちも困りますので」

枡屋茂右衛門が拒んだ。

「……麿の家が潰れるねん」

情けにすがろうと南條蔵人が事情の一端を口にした。

「そのために他人を巻きこむのはあきまへん」

勝手なことをと枡屋茂右衛門が冷たく断じた。

「わあああ」

不意に南條蔵人が大声をあげた。

「温子、温子はいずこにおじゃる。父《もう》が、父《もう》が迎えに参ったぞ」

南條蔵人が温子を呼んだ。

「……いたしかたない」

あきらめて帰ることをぎりぎりまで期待していた鷹矢が小さく首を振った。

「駕籠を下ろせ。出る」

鷹矢が陸尺に命じた。

「へ、へい」

すぐに駕籠が下ろされ、履き物が揃えられた。

「……檜川、今後門を入ろうとする者を許すな」

「はっ」

討ち取れと言った鷹矢の指示に檜川がうなずいた。

「そこな者、ここを禁裏付東城典膳正の屋敷と知ってのうえでの狼藉か」

鷹矢が南條蔵人を咎めた。


屋敷のなかで弓江が温子の膝に手を置いて、その動きを封じていた。

「……温子はいずこにおじゃる。父《もう》が、父が迎えに参ったぞ」

南條蔵人必死の呼びかけは、奥にまで届いていた。

「お父《もう》はん」

温子が唇を噛んだ。

「なりませぬぞ」

弓江が温子を制した。

「出て参れ、館に帰ろう」

「館……」

一筋の涙が温子の頰を伝った。

「南條どの」

ぐっと弓江が温子の膝に体重をかけた。

「前のように家族四人で暮らそうぞ。父も蔵人になった。もう、大丈夫じゃ」

「なにが大丈夫なのでございましょうね」

弓江が南條蔵人の言葉に呟いた。

「……そなたが戻らねば、父は、父は……」

応答のないことに焦りだしたのか、南條蔵人の声が悲壮なものへとなっていた。

「耳を塞ぎなさい」

弓江が命じた。

「いいえ……」

もう一度唇を温子が噛み、強すぎたためか血が流れた。

「お離しを」

温子が弓江を見た。

「できませぬ。南條蔵人さまが屋敷を出られるまで、決して……」

「大事ございませぬ。もう、惑うことはございませぬ」

ゆっくりと温子が告げた。

「惑う……」

弓江が首をかしげた。

「最後の父の言葉でわかりましてございまする。わたくしの居場所はもう、南條にはございませぬと。今、出ていけば、たしかに南條の家には帰られましょう。しかし、わたくしは松波雅楽頭の思惑を一度潰しておりまする。いわば、二条家に刃向かったも同然。摂家に目を付けられた女が、京で生きていけるはずはございませぬ」

温子が続けた。

「こちらにやられたとき、もう公家の室になるのはあきらめました。武家へ奉公に出された女は、まちがいなく操を奪われている。そう、皆は考える」

「武家をなんだと……獣だとでも言うのですか」

安藤対馬守の家臣の家に生まれた弓江が、憤った。

「そういうもんです。そして傷物になった六位くらいの女がどうなると」

「どこぞの後添えにでも……」

武家では婚期を逃した娘が、妻を亡くした男のもとへ嫁ぐのは珍しいことではなかった。

「まず無理でございまする。武家の精を身体に受けた女の産んだ子は穢《けが》れている。そう思っている者がほとんど、よほど見目麗《みめうるわ》しければ、妾《めかけ》として囲われることもありましょうが、子は産ませてもらえませぬ」

「男と女が閨《ねや》を共にすれば、子はできましょう」

「流すのでございますよ。京にはそれを生業にする者がおりまする」

「……なんということを」

寂しそうな顔をした温子に、弓江が息を呑んだ。跡継ぎがなければ家が絶える武家の場合、まず子を水にすることはない。よほど禄の少ない貧乏武家でも、産むまではさせる。その後、養子に出したり、寺に預けたりして、口減らしをするのだ。

「血筋への考えかたが、根本から違うのでございまする」

温子が首を横に振った。

「もし、このまま家に帰れば、わたくしは大坂の商人に売られましょう。身分卑しき商人は、雲の上である公家、その娘を組み敷きたがると聞きまする」

「…………」

弓江は黙った。

温子も弓江もともに鷹矢の足かせとして、それぞれの家から送りこまれた。弓江も温子といわば同じ境遇なのだ。ただ、公家と武家という立つところの違いが、鷹矢のもとを離れた後の運命を分けていた。

「家のために犠牲になる。残された家族の幸せを祈る。このどちらも女に生まれた者の宿命でございましょう」

口をつぐんだ弓江を見つめながら、温子が述べた。

「ですが、それも一度でよいと思われませんか。一度死んだ女は、二度死にませぬ」

「……まさに」

弓江も同意した。

「親として子を守る義務を捨てた以上、子から見限られる覚悟をしていて当然」

これ以上ないというほど暗い声で温子が南條蔵人を弾劾した。

「…………」

黙って弓江が温子から離れた。

「ありがとう存じます」

己の想いを信じてくれた弓江に、温子が一礼した。

「いえ、礼を言っていただかなくとも結構。わたくしたちは同じ立場でございますから」

弓江が首を横に振った。

「南條どの」

「温子とお呼びくださいませ。もう、南條の名は不要でございまする」

名字で呼んだ弓江に、温子が頼んだ。

「はい。では、温子どの」

「なんでございましょう」

あらたまった弓江に温子も姿勢を正した。

「人身御供にされたわたくしたちが、どうすれば勝者になれるとお考えでしょう」

弓江が問いかけた。

「そんなもの一つしかおまへんやん」

温子が口調を普段のものに戻した。緊張が解けたのと、弓江との垣根をなくしたとの意味であった。

「典膳正はんの正室になること」

「はい」

温子の答えを弓江が認めた。

「ということで、これからは敵でございまする」

「負けまへん」

女の戦いの開始だと宣言した弓江に、温子が応じた。

三

どれだけ叫んでも、屋敷のなかから反応はなかった。

「温子、父を助けてくりゃれ」

泣きながら南條蔵人が膝を突いた。

「蔵人はん、ここに姫さんがいると思っておられるようでございますが、ご覧になったわけやないでしょう。先日、こちらの奥勤めの女はんより否定されたはず」

近づいてくる鷹矢を見ながら、枡屋茂右衛門が訊いた。

「……そんなん嘘に決まってる。いたら困るからいてへんと言うのは当然やろう」

少しだけためらって南條蔵人が言いわけをした。

「それだけの根拠で禁裏付役屋敷に押し入るとは、慮外者《りょがいもの》めが」

「ひっ」

背中から鷹矢に怒鳴りつけられた南條蔵人が跳びあがった。

「同心ども、こちらへ来い」

　これだけ騒いだのだ、様子を見に禁裏付の同心が来ていた。それを鷹矢は呼びつけた。

「はっ」

　同心が二人駆け寄って来た。

「この者を捕縛いたせ」

「えっ」

「それは……」

　鷹矢に命じられた同心二人が戸惑った。

「蔵人さまに縄を打つのは……」

　同心を代表して一人が遠慮がちに言った。

「誰であろうとも、法度《はっと》を破った者は捕らえなければならぬ。それが役目にある者の責務である」

「……どうする」

「でもなあ……」

　禁裏付の同心は代々京に住んでいる。公家とかかわるとどれだけ面倒かを身に染みて知っていた。

「さっさといたせ」

鷹矢が怒った。

「…………」

それでも同心は動かなかった。

「そうか。そなたたちを禁裏付としての権で免職する。ただちに役屋敷から出て行け」

厳しく鷹矢が弾劾した。

「そんな……」

「我らは世襲の」

「檜川、この二人を斬れ。不審な者である」

すでに免職した以上、同心ではなくただの浪人である。浪人に禁裏付役屋敷を侵されたならば、手討ちにしても問題はない。

「承知」

すらっと太刀を抜いた檜川が、走ってきた。

「ひえっ」

「ま、待って」

同心たちが蒼白になった。

「つ、捕まえまする」

「は、はいっ」

二人の同心が慌てて、太刀から下げ緒をはずして、南條蔵人の身体にかけた。

「なにをすんねん。無礼やぞ、賤しい手で麿に触れるな。こんなことをしてただですむと思うてるんか」

南條蔵人が抵抗したが、武術などやったこともない公家ではどうしようもない。あっさりと南條蔵人は高手小手に縛りあげられた。

「離せ、離さんかいな」

「黙れ」

暴れようとした南條蔵人を鷹矢が怒鳴りつけた。

「なんや、麿は六位の……」

「吾は五位の典膳正だ」

「…………」

官位を持ち出せば、鷹矢のほうが高い。南條蔵人が黙った。

「なにをしたか、わかっていないようだな。そなたのやったことは、幕府への謀叛」

「む、謀叛。そんなことはない。麿は娘を探しに……」

「許可なく禁裏付役屋敷に侵入したのだ。それも娘がいるという確たる証拠もなしにな」

反論しようとした南條蔵人を鷹矢が押さえこんだ。

「証拠はある。まちがいなく娘はなかにおる」

南條蔵人が繰り返した。

「東城さま」

奥から弓江が姿を見せた。

「そこまで言われるならば、なかを見せて差しあげてはいかがでございましょう」

「…………」

「…………」

無言で鷹矢がよいのかと問うた。

同じく無言で弓江がうなずいた。

「よかろう。檜川、縄を摑んでおけ。布施どの、案内を頼む」

「はっ」

「お任せを」

檜川と弓江が頭を下げた。

「気を遣わずともよい。罪人として扱え」

鷹矢が檜川に指示した。

「では、立て」

「痛い、痛い。無体をしいな」

下げ緒を引っ張られた南條蔵人が苦情を言ったが、檜川は無視した。

「あのう、行列はどうしまひょ」

先導役が鷹矢へ尋ねた。

「もう一度組み直す」

鷹矢が出立のやり直しをすると言った。

見ていた桐屋が天を仰いだ。

「なんぼ、阿呆やねん。公家は」

「旦那さま、聞こえまっせ」

大声とはいわないが普段と同じていどで口にした桐屋を九平次が窘《たしな》めた。

「聞こえてもかまへんわ。あれでは、禁裏付に塩を贈ったも同然やろう。あの公家がどこへ繋がるかは知らんし、興味もないけど、禁裏付は大きな手立てを一つ手にした」

桐屋が表情を引き締めた。

「あそこにいてるの、錦市場の世話役やろ」

「へい。枡屋茂右衛門で」

大門のなかを指さした桐屋に九平次がうなずいた。

「公家にもものの言える絵描きか、面倒やな。こらあ、錦市場を手に入れるのは難しいな」

桐屋がため息を吐いた。

「まあ、無駄足を踏んだだけの儂はまだええわ。哀れなんは……」

ちらと桐屋が戸田因幡守の潜む駕籠を見た。

「まあ、おもしろいもん見たと思えば腹も立たん。帰ろ」

桐屋が踵を返した。

哀れまれたとは思ってもいない戸田因幡守だったが、苦虫を嚙み潰したような顔をしていた。

「戻るぞ。余がここにいると知られるわけにはいかぬ。急げ」

鷹矢は門から出ていないので、戸田因幡守のことに気付いてはいないが、いつ外へ出てくるかわからないのだ。出てくれば、京では珍しい立派な武家駕籠に目を付けるのはまちがいなく、そこから戸田因幡守を思い出すのは確実だった。当然、このことは江戸へ報される。となれば、この企みに戸田因幡守が一枚嚙んでいたと松平定信は見抜く。いや、ただの通りすがりであったとしても、禁裏付の危急を知りながらなにもしなかった責任を問うてくる。はるかに格下で、相手にしなくてもいいような政敵でも、その隙を放置するようでは、政などやっていけない。

「これ以上、越中守に手札を渡してたまるか」

戸田因幡守が吐き捨てた。

「おい」

「はっ」

駕籠脇に従っていた供頭が耳を寄せた。

「松波雅楽頭の面会要請は、今後受けぬ。追い返せ。泥船で一緒に沈むなど」

戸田因幡守は憤懣《ふんまん》を松波雅楽頭へとぶつけた。

「問題は、あの愚かな公家をどうするかだ……」

動き出した駕籠のなかで戸田因幡守が、思案した。

禁裏付は公家の不正を探索し、糾弾するまでであり、屋敷に身分高い者を捕らえておく牢はなかった。

「慣例として三位以上は、それぞれの屋敷で謹慎、そこへ禁裏付が出向いて尋問となるが、六位以下は町奉行所の揚屋へ預け、そこで取り調べるのが慣例……東町奉行の池田筑後守《いけだちくごのかみ》は、松平越中守の手の者。まずいな。池田筑後守に渡るのは認められぬ。いや、町奉行所ではなく、所司代で預かるようにせねば。こちらの手のうちにあれば、取り調べにも介入できる。それに……」

戸田因幡守が、目を細めた。

「いつでも病死、あるいは恥じての自害も……」

冷たい声で戸田因幡守が独りごちた。


檜川に下げ緒を握られたまま、御殿へと入った南條蔵人は、廊下を一つ曲がったところで待ち構える娘、温子を見つけた。

「あ、温子でおじゃるな。やはり娘がここにいたではないか。麿は娘を救いに来たのである。罪はこれでないと決まった。さっさとこれを解け。典膳正、ただではすまさへんでえ」

南條蔵人が勝ち誇った。

「娘……どこに」

温子が首をかしげた。

「なにを言うてるねん。温子、父を忘れたとでも言うんか」

「父でございますか。わたくしの父ならば、数カ月前に死にました」

啞然とした南條蔵人に、温子が怪訝な顔をした。

「えっ……」

「娘を売るだけですまず、他人を追いおとす道具に使う。それが親のすることだと」

温子が問うた。

「子が親のために働くのは当然じゃ」

「では、親は子になにをしてくれるので」

「……生んでやった。育ててやった」

「その恩ならば、売られたことで帳消しでございます。娘を売る。それはものを売ったのと同じ。商人になにかを売り渡して、後日、前の持ち主やから返せと言うて通りますか」

「……南條の家のためや」

「わたくしのおかげで蔵人になった。南條のためになりました」

「それが取りあげられそうなんや。そなたが帰ってきてくれんと」

泣き声を南條蔵人があげた。

「それはあなたが役立たずだからでございましょう」

「なっ……」

「たとえ娘の代金でも、活躍できるお役目になった。よく働いて、その能力を見せていれば、出世こそすれ、罷免《ひめん》されることはない」

目を剝いた南條蔵人に、温子が返した。

「なにを言うてる。父は二条さまの引きで蔵人になったんや。その二条さまから
……」

「はああ」

必死に語る父に温子が大きなため息を吐いた。

「二条さまの名前をここで出して、許されますか」

「あっ……」

背後に二条家があると自白したのだ。それを娘に指摘された南條蔵人が呆然となった。

「無茶を言われたときに、鞍替《くら》えくらいしたらよかったんです。二条さまのことを一条さま、あるいは近衛さまに売っておけば、このような羽目にはならずにすんだでしょう」

「に、二条さまを売れと……」

「娘を売ったんです。それくらいできて当然」

恨みをふたたび温子がぶつけた。

「どちらにせよ、もう終わり」

「いや、まだ間に合う。そなたが禁裏付に攫《さら》われたと訴えてくれたら……」

南條蔵人がすがった。

「間に合いません。あなたが捕らえられたことはすでに典膳正さまが禁裏へお届けになられておられまする。行列が出たことに気付きませんでしたか。失敗したあなたを二条さまはお許し下さいましょうか」

父のことをあなたと温子が呼んだ。

「…………」

蒼白になった南條蔵人が言葉を失った。

「あなたも、わたしも」

温子がじっと南條蔵人を見つめた。

「ただの駒。一度でも使えればいいというだけの」

「六位の蔵人が……駒」

南條蔵人が絶句した。

「母と姉のことはご懸念なく。食べていくくらいの世話はいたします」

そう言って温子は立ちあがった。

「半年前まで……貧しく、その日のおかずにも苦労したけど……幸せでした」

温子が去って行った。

「どうしたらよかってん。娘に満足に食わせてやれぬ生活をなんとかしようとしただけやのに。親として子のために……」

残された南條蔵人が大きく頭を振って嘆いた。

「売ったほうが、言うたらあきまへんな」

枡屋茂右衛門が厳しい声で告げた。

「どんな理由があっても、売られたほうは納得できまへん」

「ああああああ」

南條蔵人が頭を抱えてしゃがみ込んだ。

温子から罠を報されて以来、津川一旗は毎日、禁裏付役屋敷を見張っていた。

「茶番の続きか」

南條蔵人が一度弓江にあしらわれたのも見ている。津川一旗は今の騒動にあきれていた。

「とりあえずは凌いだな。東城」

津川一旗は、鷹矢が罠を張っていたと読んでいた。

「なんにせよ、禁裏への手札を一枚握ったのだ。それを使いこなせるかどうかだ。越中守さまの御為に」

津川一旗が、呟いた。

「あのていどの公家だ。責め問いを受ければなにもかも白状するだろう。もっとも、二条は知らぬ存ぜぬを決めこみ、あの公家を切り捨てるはずだ。それにあのくらいで五摂家に手出しはできぬ」

摂関家の威勢は大きい。なにせ、官位だけならば将軍を凌ぐのだ。

「だが、一穴を開けたことには違いない。まさに蟻の一穴だが、それで禁裏という堤を崩せるように動かねばならぬ。それができてこそ越中守さまのご期待に応えられる」

津川一旗が禁裏付役屋敷へ顔を向けた。

「ここからが始まりだぞ、東城」

鋭い目つきになった津川一旗が口にした。

この作品は徳間文庫のために書下されました。

徳間文庫

禁裏付雅帳[六]

相《そう》嵌《かん》

2018年4月15日 初刷

著者 上《うえ》田《だ》秀《ひで》人《と》

発行者 平野健一

発行所 株式会社徳間書店
東京都品川区上大崎三―一―一
目黒セントラルスクエア 〒141―8202

電話 編集〇三(五四〇三)四三四九
販売〇四八(四五一)五九六〇

振替 〇〇一四〇―〇―四四三九二

印刷 凸版印刷株式会社

製本 株式会社宮本製本所

ISBN978-4-19-894327-1 (乱丁、落丁本はお取りかえいたします)

上田秀人「織江緋之介見参」シリーズ

第一巻 悲恋《ひれん》の太刀《たち》

天下の御免色里、江戸は吉原にふらりと現れた若侍。名は織江緋之介。剣の腕は別格。彼には驚きの過去が隠されていた。吉原の命運がその双肩にかかる。

第二巻 不忘《わすれじ》の太刀《たち》

名門譜代大名の堀田正信が幕府に上申書を提出した。内容は痛烈な幕政批判。将軍家綱が知れば厳罰は必定だ。正信の前途を危惧した光圀は織江緋之介に助力を頼む。

第三巻 孤影《こえい》の太刀《たち》

三年前、徳川光圀が懇意にする保科家の夕食会で起きた悲劇。その裏で何があったのか――。織江緋之介は光圀から探索を託される。

第四巻 散華《さんげ》の太刀《たち》

浅草に轟音が響きわたった。堀田家の煙硝蔵が爆発したのだ。織江緋之介のもとに現れた老中阿部忠秋の家中は意外な真相を明かす。

第五巻 果断《かだん》の太刀《たち》

徳川家に凶事をもたらす禁断の妖刀村正が相次いで盗まれた。何者かが村正を集めている。織江緋之介は徳川光圀の密命を帯びて真犯人を探る。

第六巻 震撼《しんかん》の太刀《たち》

妖刀村正をめぐる幕府領袖の熾烈な争奪戦に織江緋之介の許婚・真弓が巻き込まれた。緋之介は愛する者を、幕府を護れるか。

第七巻 終焉《しゅうえん》の太刀《たち》

将軍家綱は家光十三回忌のため日光に向かう。次期将軍をめぐる暗闘が激化する最中、危険な道中になるのは必至。織江緋之介の果てしなき死闘がはじまった。

上田秀人「お髷番承り候」シリーズ

一 潜謀《せんぼう》の影《かげ》

将軍の身体に刃物を当てるため、絶対的信頼が求められるお髷番。四代家綱はこの役にかつて寵愛した深室賢治郎を抜擢。同時に密命を託し、紀州藩主徳川頼宣の動向を探らせる。

二 奸闘《かんとう》の緒《ちょ》

「このままでは躬は大奥に殺されかねぬ」将軍継嗣をめぐる大奥の不穏な動きを察した家綱は賢治郎に実態把握の直命を下す。そこでは順性院と桂昌院の思惑が蠢いていた。

三 血族《けつぞく》の澱《おり》

将軍継嗣をめぐる弟たちの争いを憂慮した家綱は賢治郎を密使として差し向け、事態の収束を図る。しかし継承問題は血で血を洗う惨劇に発展——。江戸幕府の泰平が揺らぐ。

四 傾国《けいこく》の策《さく》

紀州藩主徳川頼宣が出府を願い出た。幕府に恨みを持つ大立者が沈黙を破ったのだ。家綱に危害が及ばぬよう賢治郎が目を光らせる。しかし頼宣の想像を絶する企みが待っていた。

五 寵臣《ちょうしん》の真《まこと》

賢治郎は家綱から目通りを禁じられる。浪人衆斬殺事件を報せなかったことが逆鱗に触れたのだ。事件には紀州藩主徳川頼宣の関与が。次期将軍をめぐる壮大な陰謀が口を開く。

六 鳴動《めいどう》の徴《しるし》

激しく火花を散らす、紀州徳川、甲府徳川、館林徳川の三家。甲府家は事態の混沌に乗じ、館林の黒鍬者の引き抜きを企てる。風雲急を告げる三つ巴の争い。賢治郎に秘命が下る。

七 流動《るどう》の渦《うず》

甲府藩主綱重の生母順性院に黒鍬衆が牙を剝いた。なぜ順性院は狙われたのか。家綱は賢治郎に全容解明を命じる。身命を賭して二重三重に張り巡らされた罠に挑むが――。

八 騒擾《そうじょう》の発《はつ》

家綱の御台所懐妊の噂が駆けめぐった。次期将軍の座を虎視眈々と狙う館林、甲府、紀州の三家は真偽を探るべく、賢治郎と接触。やがて御台所暗殺の姦計までもが持ち上がる。

九 登竜《とうりゅう》の標《しるべ》

御台所懐妊を確信した甲府藩家老新見正信は、大奥に刺客を送って害そうと画策。家綱の身にも危難が。事態を打破しようとする賢治郎だが、目付に用人殺害の疑いをかけられる。

十 君臣《くんしん》の想《そう》

賢治郎失墜を謀る異母兄松平主馬が冷酷無比な刺客を差し向けてきた。その魔手は許婚の三弥にも伸びる。絶体絶命の賢治郎。そのとき家綱がついに動いた。壮絶な死闘の行方は。

全十巻完結